Ullstein Krimi

Ullstein Krimi
Ullstein Buch Nr. 10137
im Verlag Ullstein GmbH,
Frankfurt/M – Berlin – Wien
Übersetzt von Brigitte Walitzek
Copyright © 1980, 1981 by
Davis Publications, Inc.
für Alfred Hitchcock's Mystery
Magazine
Übersetzung © 1982 by
Verlag Ullstein GmbH,
Frankfurt/M – Berlin – Wien
Alle Rechte vorbehalten
Printed in Germany 1981
Gesamtherstellung:
Ebner Ulm
ISBN 3 548 10137 2

Januar 1982

CIP-Kurztitelaufnahme
der Deutschen Bibliothek

Alfred Hitchcocks Kriminalmagazin. –
Frankfurt/M; Berlin; Wien: Ullstein
  Einheitssacht.: Alfred Hitchcock's
  mystery magazine ‹dt.›

NE: Hitchcock, Alfred [Hrsg.]; EST

Bd. 133. Zehn neue Kriminalstories mit
Pfiff und Pointe / hrsg. von Walter Spiegl.
[Übers. von Brigitte Walitzek]. – 1982.
  (Ullstein-Buch; Nr. 10137: Ullstein-
  Krimi)
  ISBN 3-548-10137-2

NE: Spiegl, Walter [Hrsg.]; GT

In der Reihe
Ullstein Bücher
Alfred Hitchcocks
Kriminalmagazine

Band 100 (1925)
Band 101 (1937)
Band 102 (1943)
Band 103 (1949)
Band 104 (1955)
Band 105 (1961)
Band 106 (1973)
Band 107 (1979)
Band 108 (1985)
Band 109 (1991)
Band 110 (10006)
Band 111 (10018)
Band 112 (10024)
Band 113 (10035)
Band 114 (10039)
Band 115 (10043)
Band 116 (10051)
Band 117 (10055)
Band 118 (10059)
Band 119 (10063)
Band 120 (10070)
Band 121 (10078)
Band 122 (10082)
Band 123 (10086)
Band 124 (10090)
Band 125 (10098)
Band 126 (10106)
Band 127 (10110)
Band 128 (10114)
Band 129 (10118)
Band 130 (10125)
Band 131 (10129)
Band 132 (10133)

ALFRED HITCHCOCKS KRIMINALMAGAZIN

BAND 133

ZEHN NEUE KRIMINALSTORIES
MIT PFIFF UND POINTE

Herausgegeben
von Walter Spiegl

Ullstein Krimi

Inhalt

Carroll Mayers
5 *Einer weniger*

Gary Alexander
12 *Der ewige Student*

Susan Dunlap
28 *Kleinigkeiten mit großer Wirkung*

Stephen Wasylyk
34 *Eine etwas seltsame Leiche*

Michael Scott Cain
52 *Der letzte Bruch*

Ernest Savage
63 *Schlimmer als ein gefallener Engel*

Pauline C. Smith
84 *Die Opalkette*

Louise Brownlee
96 *Exekution aufgeschoben*

Talmage Powell
106 *Rollentausch*

Robert Lopresti
117 *Die lieben Verstorbenen*

Carroll Mayers

Einer weniger

Harrys Bar war eine ruhige, altmodische kleine Kneipe in einer Seitenstraße, die hauptsächlich von älteren Anwohnern besucht wurde. Es gab weder das Flackern des Fernsehers, noch Flipperautomaten, noch lautstarkes Musikgedröhne. Nur ein kleines Radio, das jeden Abend für die Nachrichten eingeschaltet wurde.

Eines Abends, nach einer besonders unangenehmen Nachricht, sahen sich mehrere der Stammgäste mit vielsagenden Blicken an. Arnold, Portier in einem Apartmenthaus, ergriff schließlich das Wort. »Haben Sie das gehört, Miss March?«

Die ältliche Frau, die am Ecktisch ein Kreuzworträtsel löste, sah auf. Sie hatte angenehme Gesichtszüge und klare Augen hinter den dicken Brillengläsern. »Wie bitte?«

»Es hat schon wieder einen Überfall gegeben«, sagte Arnold. »Nur drei Blocks von hier wurde eine Frau überfallen. Man hat ihr die Handtasche gestohlen. Nur drei Blocks von hier!«

Miss March legte ihren Kugelschreiber hin. »Wurde sie ernstlich verletzt?«

»Anscheinend nicht«, sagte Arnold. »Aber das hätte leicht passieren können. Heutzutage kann eine Frau sich wirklich nicht mehr allein auf die Straße wagen. Daran sollten Sie auch einmal denken, Miss March.«

»Puh«, sagte Miss March. »Außerdem bringt Lester mich immer nach Hause.«

Lester, der noch nicht da war, war pensionierter Eisenbahner. Er hatte nie geheiratet. Er war der Grund dafür, daß Miss March so oft in die Bar kam. Die beiden hatten festgestellt, daß sie seelenverwandt waren. Sie spielten Karten, lösten Kreuzworträtsel und tranken süßen Wein mit Maß und Verstand. Kurz gesagt, es verband sie eine warme Freundschaft, die Teil der allgemeinen Freundschaft unter den Stammgästen war.

Arnold ließ nicht locker. »Lester bringt Sie nach Hause, aber Sie kommen allein hierher . . .«

»Puh!« wiederholte Miss March. »Ich kann auf mich selbst aufpassen.«

Jetzt gab Arnold auf. »Ich habe es zumindest versucht.«

Harry, der Besitzer, war über dieses Problem ebenfalls besorgt. Er und Arnold, und Charlie, der Taxifahrer, hatten sich vor ein paar Abenden über Miss Marchs Sicherheit unterhalten, bevor sie und Lester auftauchten.

»Es ist trotzdem gefährlich, auch wenn Lester sie nach Hause bringt«, hatte Charlie gesagt. »Er ist doch kein Gegner für einen jungen Räuber.«

Harry seufzte. »Aber sie hört ja nicht auf einen.«

»Wenn es nicht ausgerechnet Lester wäre«, schlug Arnold vor. »Ich meine, wenn jemand sie nach Hause bringen würde, der ein bißchen größer und stärker ist.«

Charlie fand den Gedanken gut. »Das ist es, genau. Sie braucht einen Begleiter mit Muskeln.« Er sah den Besitzer an. »Wie zum Beispiel deinen Vetter, Harry. Er ist doch bei der Polizei. Du könntest ihn doch bitten, Miss March und Lester hin und zurück zu begleiten.«

Harry schüttelte den Kopf. »Daran habe ich auch schon gedacht«, sagte er. »Und vom Gesichtspunkt der Körperstärke her wäre es auch toll – George ist Karateexperte und das hier ist seine Streife –, aber seine Vorgesetzten würden da nicht mitspielen.«

»Seine Vorgesetzten brauchen ja nichts davon zu wissen.«

Der Besitzer schüttelte wieder den Kopf. »George hat einen Streifenplan, Charlie, an den er sich halten muß. Er kann ihn nicht einfach abändern.«

Mehrere Abende nach dem jüngsten Überfall saßen Miss March und Lester an ihrem üblichen Tisch und spielten Karten. Es war ein unfreundlicher Abend. Dichter Regen ließ die meisten Gäste zu Hause bleiben. Im Augenblick waren nur noch Arnold und Charlie da, die Pfeilwerfen spielten.

Plötzlich wurde die Tür zur Straße aufgerissen, und ein junger Mann kam herein. Er atmete schwer, sein Gesicht sah grimmig und entschlossen aus. »Los, Alter«, sagte er zu Harry. »Schließ die Tür ab und laß die Rolladen herunter. Die Kneipe ist geschlossen.«

Harry hatte Gläser poliert. Jetzt ließ er sein Tuch fallen und blinzelte ungläubig, als der Junge ein Klappmesser zückte.

»Beweg dich!«

Harry kam hinter der Theke hervor und folgte dem Befehl. An ihrem Tisch saßen Miss March und Lester mit offenem Mund.

Arnold und Charlie waren ebenfalls wie zu Stein erstarrt.

Für den Augenblick zufrieden, trat der junge Gangster einen Stuhl zur Seite und setzte sich an einen Tisch, das Messer in der Hand. »Ihr anderen bleibt brav wo ihr seid.« Er war etwa Anfang Zwanzig, trug dreckige Turnschuhe, schmutzige Jeans und ein ausgebeultes T-Shirt.

Miss March erholte sich von ihrer anfänglichen Überraschung. Die Szene war ganz klar: Ein dreckiger Gauner auf der Flucht, nach einem versuchten Überfall wohl, die Polizei dicht auf den Fersen, suchte vorübergehend Schutz in der Kneipe. Sie schnüffelte verächtlich.

Der Junge wirbelte zu ihr herum.

»Ist etwas nicht in Ordnung, Lady?«

»Du bist ein dreckiger Gauner«, sagte sie.

Seine dünnen Lippen zuckten. »Halten Sie den Mund.«

»Du bist einfach ekelhaft«, sagte Miss March. Sie stand von ihrem Tisch auf und ging auf ihn zu. »Du bist nicht Manns genug, deinen Lebensunterhalt selbst zu verdienen. Du treibst dich in den Straßen herum . . .«

»Ich sagte, Maul halten!«

». . . und überfällst harmlose Leute.« Miss Marchs Zorn wuchs. »Du bist nichts als ein mieser, dreckiger kleiner Gauner.«

Der Junge fluchte, sprang auf und schlug Miss March ins Gesicht. Sie schrie auf und stürzte zu Boden.

Die anderen waren zu verblüfft, um sich zu bewegen. Wütend beugte der Gauner sich über Miss March. »Sie haben so ein großes Mundwerk, was? Sie können von Glück reden, daß ich es Ihnen nicht mit dem Messer größer gemacht habe.«

Miss March bewegte sich, und der Gauner zuckte zurück, als er zu spät bemerkte, daß sie in der Hand einen kleinen Metallzylinder hielt. Bevor er sich aufrichten konnte, traf die Säure sein Gesicht. Er schrie auf, taumelte und rieb sich die Augen. Woraufhin Harry die Weinflasche packte, aus der Miss March und Lester getrunken hatten, und sie geschickt auf den Schädel des Gauners niedergehen ließ.

»Das Ding heißt ›Kleiner Helfer‹«, erklärte Miss March ihren Freunden. »Es ist so etwas Ähnliches wie Tränengas. Ihr habt alle so viel über Überfälle geredet, daß ich dachte, eine kleine Vorsichtsmaßnahme kann ja wirklich nichts schaden.«

Arnold fuhr sich mit der Zunge über die trockenen Lippen. »Trotzdem war es mächtig tapfer von Ihnen, sich so gegen ihn zu stellen.«

Charlie und Lester stimmten ihm bei.

Miss March sagte: »Ich habe ihn nur dazu gebracht, uns eine Chance zu geben.« Sie strich sich das Kleid glatt. »Eigentlich war es Harry, der ihn zur Strecke gebracht hat.«

»Ich habe nur mitgespielt, Miss March«, sagte Harry und sah den bewußtlosen Kerl unsicher an. »Und was machen wir jetzt mit ihm?«

Charlie sah ihn erstaunt an. »Rufen wir nicht die Polizei?«

Harry sagte langsam: »Das könnten wir tun – aber was passiert dann?«

»Was sollen wir denn sonst tun?« fragte Lester.

»Ich weiß nicht«, meinte Harry. »Ich frage mich halt nur, was nachkommen wird, wenn wir die Polizei rufen und ihnen den Typ übergeben.«

Plötzlich verstand Miss March. »Ich weiß, was Harry meint. Höchstwahrscheinlich kommt dann gar nichts nach. Dieser dreckige Gauner . . .« und wieder wurde ihr Ton verächtlich, ». . . wird vor Gericht erscheinen, und irgendein Schwachkopf von Richter wird ihn in zwanzig Minuten freisprechen. Oder sein Verteidiger überzeugt die Geschworenen davon, daß alles nur ein Mißverständnis ist und daß sein Klient ein unterprivilegierter Junge ist, der nur versuchte, der Straßenbande zu entkommen, die ihn bedrohte.«

»*Ihn* bedrohte?« fauchte Charlie. »Er kam hier rein und bedrohte *uns*!«

»Mit einem Klappmesser«, fügte Lester empört hinzu.

Miss Marchs Antwort war nüchtern und objektiv. »Diese Messer sind zwar verboten, aber unser Wort würde gegen seins stehen, daß er uns damit bedroht hat.« Sie wandte sich an den Besitzer. »Das ist es doch, was du sagen wolltest, Harry, nicht wahr? Daß die Möglichkeit besteht, daß diese Kreatur da nächste Woche genauso frei sein wird wie heute, damit er uns wieder terrorisieren und unsere Straßen unsicher machen kann.«

»Genau«, sagte Harry.

Charlie sah sie fragend an. »Na gut«, sagte er. »Ich verstehe. Die Gerechtigkeit kann sich nicht immer durchsetzen. Aber was können wir machen?«

Harry ging zu dem Tisch an dem Miss March und Lester gesessen hatten. Er setzte sich und sagte: »Ich bin mir nicht ganz sicher, aber ich glaube, ich habe eine Idee.«

Fünfzehn Minuten später, als der Eindringling wieder zu sich kam, mußte er feststellen, daß er an einem Stuhl festgebunden war. Der Stuhl wiederum war das einzige Möbelstück in einem kleinen, fensterlosen Raum. Eine nackte Glühbirne warf spärliches Licht.
Fünf schattenhafte Gestalten umringten den Stuhl.
Der junge Mann verzog angewidert den Mund. »Was soll der Quatsch?«
Harry antwortete. »Das hier ist der Lagerraum im Keller. Du kannst soviel schreien wie du willst, keiner wird dich hören.« Nach einer kurzen Pause fügte er hinzu: »Wir haben den Raum fast ganz leergeräumt, für den Fall, daß du dich irgendwann befreien kannst und gewalttätig werden willst.«
Die dunklen Augen des Gefesselten verengten sich.
»Was soll das heißen, *irgendwann*?«
»Ich hatte plötzlich einen Einfall«, sagte Harry. »Ich mache die Kneipe vorübergehend zu und fahre einen Monat in Urlaub.«
»Und er wird sehr gut abschließen«, sagte Lester. »Alle Räume.«
Schweißtropfen bildeten sich auf der Stirn des Gauners. »Jetzt hört aber zu, ihr dummen . . .«
Miss March zeigte ein mildes Lächeln. »Oh, wir sind keineswegs dumm. Wir sind im Gegenteil ziemlich intelligent. Zum Beispiel wissen wir, daß der menschliche Körper wochenlang ohne Nahrung auskommen kann, aber nur wenige Tage ohne Wasser.«
Der Mann fluchte, als ihm die Absicht des grimmigen Quintetts aufging. »Nein! Ihr kommt damit nicht durch!«
»Falls nicht, wirst du es nie erfahren«, sagte Lester.
Die fünf gingen zur Tür des Lagerraums. Es war eine dicke, massive Tür, genau eingepaßt, mit kräftigen Scharnieren und einem dicken Riegel an der Außenseite. Nur Arnold schien zu zögern und nicht ganz mit der Absicht seiner Freunde einverstanden zu sein, aber dieses Zögern dauerte nicht lange an.
Miss Marchs mildes Lächeln war verschwunden, ihre blauen Augen waren ausdruckslos. »Auf Wiedersehen, Gauner«, flüsterte sie.
Die massive Tür schlug zu.

Der Riegel wurde vorgeschoben.

Voller Panik schrie der junge Mann eine Viertelstunde lang. Er zerrte hektisch an den Stricken, aber es gelang ihm nicht, sie zu lockern. Bei seinen Versuchen, freizukommen, kippte der Stuhl um, und er stürzte auf den harten Zementboden. Seine Stimme brach, und er fing an zu schluchzen. Es stimmte, niemand würde ihn hören. Selbst wenn es ihm gelingen würde, die Stricke irgendwann zu lösen, würde er doch die Tür nicht aufbekommen. *Er würde hier sterben* . . .

Und dann hörte er das leise Schaben von Metall auf Metall. Und Arnold lugte zögernd durch die Tür.

»Ist – ist alles in Ordnung?«

»Du . . .! Nein, nichts ist in Ordnung! Bind mich los!«

Unsicher fummelte Arnold an den Knoten herum. »Ich – ich wollte dich nicht hier zurücklassen«, stotterte er. »Das wäre ja Mord. Aber Harry, der Besitzer, hat darauf bestanden. Und er hat die anderen dazu gebracht, mitzumachen.« Arnolds Lippen zuckten. »Ich konnte mich aber zurückschleichen und die Hintertür heimlich öffnen, und dann bin ich später zurückgekommen . . .«

Die Stricke waren jetzt locker. Der Gauner riß sich los, bewegte Arme und Beine und stand schließlich auf. Wut flackerte in seinen Augen. »Harry!« tobte er. »Der Typ wird seinen Urlaub im Krankenhaus verbringen!«

Er wirbelte herum und packte Arnold am Kragen. »Wo ist seine Bude?«

»Was?«

»Wo wohnt er? Dieser Harry?«

Arnold wand sich. »Ich – ich weiß nicht . . .«

»Komm mir nicht mit so was. Entweder du sagst es mir, oder ich breche dir beide Arme.«

»Bitte . . .«

Ein wilder Griff ließ einen unerträglichen Schmerz durch Arnolds Arm schießen. »Wo wohnt er? Wo?«

Arnold wimmerte vor Schmerzen und gab ihm die Adresse.

Am nächsten Abend feierte das Quintett in der Kneipe.

»Ist dein Arm auch wirklich in Ordnung?« fragte Miss March Arnold.

»Sicher. Er hat nicht lange weh getan. Und es war die Sache wert.«

»Du warst großartig«, sagte Charlie. »Du bist ein prima Schauspieler. Er hat dir geglaubt, daß du nicht bei uns mitmachen willst.«

»Du warst wirklich gut«, sagte auch Harry. »Sonst hätte unser Plan nicht geklappt.« Während er sprach, deutete er auf die Schlagzeile der Abendzeitung: GAUNER BEI EINBRUCH IN POLIZISTENWOHNUNG ÜBERRASCHT!

»Dein Vetter hat ihn wirklich überrascht«, sagte Lester.

Harry lächelte. »Wie ich gesagt hatte. Ich wußte, daß es Georges freier Abend war und er bestimmt daheim sein würde. Natürlich hätten wir George anrufen und ihm sagen können, daß er Besuch bekommen würde, aber ich glaube, es war besser, daß wir ihn in keiner Weise in die Sache hineingezogen haben.«

Harry überflog den Zeitungsartikel noch einmal. »Darin heißt es, daß George Karateexperte ist, und daß er den Eindringling ein bißchen zerzaust hat. Die Tatsache, daß er ihn direkt bei einem Einbruch ertappt hat, sollte selbst den weichherzigsten Richter davon abhalten, ihn früher als unbedingt notwendig freizulassen.«

»Damit wäre es zumindest einer weniger«, sagte Miss March.

»Und jetzt«, sagte Harry, »wollen wir feiern. Vielleicht fällt uns noch mehr ein, wie man Häuser und Straßen sicherer machen kann.« Und er entkorkte eine Flasche ausgezeichneten Weins.

Originaltitel: ONE DOWN. 4/81

Gary Alexander

Der ewige Student

Der Ausdruck »Berufsstudent« ist, auf mich gemünzt, nicht ganz zutreffend. Ich bevorzuge es, mich als ewigen Studenten zu bezeichnen. »Berufs-« klingt so sehr nach Beruf, nach Arbeit. Ich werde nicht für meine Studien bezahlt. Ich wurde noch nie für all die Jahre meiner Studien bezahlt. Ich habe noch nie im Leben einen Unterhaltsscheck bekommen. Und solange ich von den Zinsen meiner bescheidenen Erbschaft leben und die Universitätsgebühren bezahlen kann, habe ich vor, weiterhin zu studieren.

Ich bin schon fast mein halbes Leben lang Student. Ich besitze vier Diplome, zahlreiche Auszeichnungen in zahllosen Disziplinen, und bin immer in mindestens zwei Diplomkursen eingeschrieben. Ich habe noch nie einer Graduierung beigewohnt. Gelegentlich sendet mir der Universitätscomputer meine Pergamentauszeichnungen zu.

Ich denke nicht, daß daran etwas nicht in Ordnung ist. Ich gebe mich keinen Ausschweifungen hin, wie viele es in meiner Position wohl tun würden. Ich bin nicht faul und nur mäßig reich.

Und es gibt schlechtere Arten, gefundenes Geld zu verwenden.

Das Frühjahrstrimester war gerade vorbei. Wie immer empfand ich Erleichterung und totale Erschöpfung. Ich beschloß, mir einen kurzen Urlaub zu gönnen, ehe ich mich im Sommer an eine Diplomarbeit machen wollte. Da ich im Augenblick keine Freundin hatte, konnte ich mir den Urlaubsort ganz nach meinen Vorstellungen aussuchen.

Ich wählte Lake Harper Lodge, ein gediegenes, schindelgedecktes Hotel am Ufer des Sees. Lake Harper liegt im nordwestlichen Regengebiet, und den Großteil des Jahres sind die umliegenden Hügel in Nebelschwaden und Regenwolken gehüllt. Die Fischgründe sind unerschöpflich, und ich liebe das Trommeln des Regens auf dem Dach. Das eintönige Tröpfeln lockt den Schlaf herbei, und Schlaf ist mir ein Segen nach den Anstrengungen der letzten Wochen des Trimesters, in denen nur Fakten und Zahlen in meinem Kopf Platz hatten.

Ich betrat die Halle des Hotels in Erwartung der üblichen Ruhe und Geruhsamkeit, aber statt dessen dröhnte ein lautstarker Streit an mein Ohr. Ein hochgewachsener, rotgesichtiger Mann stand am Pult und wedelte dem Manager mit dem Zeigefinger unter der Nase herum. »Sie versicherten mir, daß Sie alles in der Hand hätten!« dröhnte er. »Und dann haben Sie einen von *denen* in *unseren* Flügel gelegt.«

Ich erkannte den Mann – Ed Teagarten, Präsident und Hauptverantwortlicher der Flitts-Brauerei. Vor Jahren, als ich in einem Kurs über Management eingeschrieben war, hatte ich ein Seminarpapier über die radikalen Umstellungen bei Flitts geschrieben. Flitts-Brauerei hatte ganz bedenklich gewackelt, bis Ed Teagarten auftauchte und sie aus ihrer gefährlichen Finanzkrise herausriß.

»Ich weiß, Sir, aber er kam etwas später. Alle Zimmer in ihrem Flügel sind belegt, und ich dachte nicht, daß es Ihnen so viel ausmachen . . .«

»Versuchen Sie nicht, meine Gedanken zu erraten. Meinetwegen soll er doch auf dem Rasen schlafen«, unterbrach Teagarten ihn. »Sorgen Sie dafür, daß er aus unserem Flügel verschwindet, oder meine Truppe und ich hauen hier ab!«

Noch ehe der Manager antworten konnte, stürmte Teagarten davon und rannte mich fast über den Haufen, eine Flasche Flitts Select in der Hand.

Offensichtlich erinnerte er sich nicht mehr an mich, oder aber er war so sehr mit seiner Wut beschäftigt, daß es ihm egal war. Teagarten hatte nach seiner Übernahme modernisiert, automatisiert und das Personal reduziert. Den Aktionären mochte er zwar wie ein rettender Engel erscheinen, aber die ehemaligen Angestellten, die durch ihn auf der Straße saßen, charakterisierten ihn als kalt und rücksichtslos. Ich erinnerte mich an ihn von unserem Gespräch her. Er schien mir arrogant und selbstbewußt. Er machte keinen Versuch, sich für das zu rechtfertigen, was viele als Säuberungsaktion mit eisernem Besen bezeichneten.

Ich trug mich ins Gästebuch ein und wollte eigentlich nach dem Grund für den Streit fragen, aber der Manager konnte nur mit Mühe den Kugelschreiber ruhig in der Hand halten. Um meine Neugier zu befriedigen, wandte ich mich der nächsten Quelle unbeschränkten Wissens zu: dem Barkeeper.

Ich bestellte ein Flitts und sah mich ein paar Minuten lang in der Bar um. Mehrere Dinge fielen mir als merkwürdig auf. Als erstes der riesige, ausgestopfte Bär neben meinem Hocker, der jedoch wahrscheinlich, genau wie die Geweihe an der Wand, als unumstößlich notwendig für ein rustikales Dekor angesehen wurde, dachte ich mir.

Merkwürdiger war die Sitzordnung der etwa zwanzig bis dreißig Bargäste. Etwa die Hälfte saß zusammengedrängt in einer Ecke, der Rest in der gegenüberliegenden Ecke. In beiden Ecken fand die Unterhaltung nur flüsternd statt und wurde von mißtrauischen Blicken in die jeweils andere Ecke begleitet. Die Tische in der Mitte waren leer, als handele es sich hier um ein Minenfeld im Niemandsland.

Ich sagte zum Barkeeper: »Die Atmosphäre wirkt dieses Wochenende ganz schön gespannt. Weshalb?«

Er lächelte. »Sehen Sie sich die Tafel am Eingang zum Speisesaal an.«

Ich tat es.

> Willkommen zum
> Management-Seminar
> der Flitts-Brauerei
> 9.–14. Juni

und

> Willkommen zum
> Management-Seminar
> der Northern-Brauerei
> 9.–14. Juni

Heute war der elfte Juni, und ich konnte mir vorstellen, daß die Seminare bis jetzt sehr lebhaft verlaufen waren. Von meiner Untersuchung über Flitts kannte ich auch die Northern-Brauerei. Die beiden Gesellschaften waren die letzten regionalen Brauereien, die in der Stadt hatten überleben können. Sie standen nicht nur im tödlichen Kampf mit den nationalen Riesenkonzernen, die im Laufe der letzten Jahre fast alle lokalen Brauereien in den Bankrott getrieben hatten, sondern sie gingen sich zudem auch ständig gegenseitig an die Kehle, mit aggressiver Werbung und Vermarktung. Trotz der gesunden finanziellen Basis von Northern und Flitts Aufschwung unter Teagarten waren Bankiers und Marktspezialisten der Meinung, daß nur eine der beiden Gesellschaften das nächste Jahrzehnt erleben würde. Die nationalen Konzerne waren einfach eine zu große Konkurrenz.

Ich ging zu meinem Barhocker zurück, trank mein Flitts aus und bestellte ein Northern Premium. »Ich verstehe, was Sie meinen«, sagte ich zu dem Barkeeper.

Er grinste. »Sie hätten hier sein müssen, als sie alle ankamen. Ich habe in meinem ganzen Leben noch nicht so viele offene Münder auf einmal gesehen. Eigentlich hatte ich mit Schlägereien auf dem Parkplatz gerechnet. Es ist chaotisch. Wir mußten alle Zimmer umverteilen, damit jede der beiden Gruppen einen Flügel für sich bekam. Sie wollten alle sofort wieder umkehren, bis sie merkten, wie schwer es ist, um diese Zeit überhaupt Platz in einem Hotel zu bekommen.«

»Es ist ja wirklich ein fast unglaublicher Zufall«, sagte ich.

Er nickte. »Gott sei Dank, daß ich nicht für die Reservierungen verantwortlich bin.«

Ich trug mich mit dem Gedanken, herauszufinden, wer die Reservierungen vorgenommen hatte, aber ich verwarf ihn wieder. Schließlich war ich hierher gekommen, um mich zu entspannen. Ich trank mein Bier aus, ging in mein Zimmer und hielt einen Mittagsschlaf.

Nach dem Abendessen schlenderte ich in der vornehmen Halle umher. Eine Decke mit freiliegenden Balken, ein wuchtiger Kamin aus Feldsteinen, Korbmöbel, die angeblich schon hier standen, seit das Hotel vor sechzig Jahren gebaut wurde. Sturmregen peitschte gegen die Fenster. Gäste saßen herum, lasen in Magazinen und Büchern, dösten. Wir zahlten fünfzig und mehr Dollar pro Tag dafür, nichts zu tun und jede Minute des Nichtstuns zu genießen.

Ich bestellte einen unparteiischen Whisky an der Bar und ließ mich in einem Schaukelstuhl in der Nähe des Aquariums nieder, wo ich Bruchstücke der Unterhaltung auf der anderen Seite, am Schachtisch, mithören konnte. Ich versuchte, mich auf eine Zeitschrift zu konzentrieren, aber die Unterhaltung wurde immer lauter.

Ich warf einen Blick um das Aquarium herum und sah, daß einer der Schachspieler Ed Teagarten war, der mir zu betrunken für dieses anspruchsvolle Spiel schien. Sein Gegner, ein kräftiger, rotgesichtiger Mann in etwa Teagartens Alter, befand sich in keiner besseren Verfassung, aber er kassierte jetzt gerade triumphierend Teagartens Königin ein, schlug die hölzerne, feingeschnitzte Figur mit seinem angreifenden Läufer vom Brett. »Schach, Eddie, falls es Ihnen noch nicht aufgefallen sein sollte.«

Teagarten sah den Mann an, dann das Brett.

»Warum geben Sie nicht einfach auf, Eddi?« spottete der Mann.

»Halten Sie Ihren verfluchten Mund«, befahl Teagarten. »Ich denke nach.«

Der Mann lachte: »Eine ganz neue Erfahrung für Sie, was?«

Teagarten hob sein Glas Flitts-Bier und schüttete es dem Mann ins Gesicht. Sein Gegner sprang auf und riß den Tisch hoch. Er krachte auf Teagarten.

Die Flitts- und die Northern-Leute in der Halle ließen ihre Pfeifen und Geschäftszeitschriften fallen und rannten herbei, um die Kampfhähne zu trennen. Fragen Sie mich nicht, weshalb, aber ich mischte mich auch ein. Wir waren zu neunt, und schließlich schafften wir es auch, die beiden zu trennen. Beide Männer waren außergewöhnlich stark und kochten vor Wut. Ich bekam einen Ellbogen ins Gesicht, aber es war weiter nicht schlimm. Der Schlag ließ sogar meine Brille heil.

Ein jüngerer Mann, der einzige, der Mantel und Krawatte anhatte, übernahm alles Weitere, obwohl ich mich nicht erinnern konnte, ihn bei den physischen Aktivitäten gesehen zu haben. »Kein Grund zur Aufregung«, sagte er aufgeregt. »Es ist ja nichts weiter passiert. Howard, bitte! Don, halten Sie ihn fest. Howard, nein! Bringt ihn hinauf. Sie wissen doch, wie Ed sein kann. Und ihr solltet Ed lieber auch wegbringen. Gut. Ich werde mit dem Manager sprechen und alles regeln. Das hier hätte nicht passieren dürfen.«

Der Raum leerte sich schnell, und ich blieb ganz allein zurück. Der Vermittler sprach mehrere Minuten lang mit dem Manager und kam dann mit einem etwas gezwungenen Lächeln zurück.

Auch er kam mir bekannt vor. Er streckte mir die Hand hin. »Danke für Ihre Hilfe. Es tut mir leid, daß Sie verletzt wurden. Es war mein Fehler. Wenn ich nach dem Essen bei Howard geblieben wäre, hätte die Sache nicht zu passieren brauchen. Ich wußte, daß er so langsam einen Schwips bekam und – nun ja – Howard und Ed Teagarten im gleichen Zimmer, das ist, als spiele man mit Nitroglyzerin Fangen. Ich bin übrigens R. J. Savage. Howard Kinsolving ist Präsident und Vorsitzender von Northern. Ich bin sein Assistent. Woher kenne ich Sie?«

Ich sagte ihm, daß wir uns meiner Meinung nach kennengelernt hatten, als ich mein Seminarpapier über Flitts schrieb.

Savage schnipste mit den Fingern. »Stimmt! Der junge Student. Ich arbeitete damals noch für Ed, als Vizepräsident in der Verwaltung.«

»Warum haben Sie die Stelle gewechselt?«

»Das müßten Sie sich eigentlich nach Ihrem Papier selbst denken können. Ich kam ins Kreuzfeuer, als Teagarten Josef Stalin spielte. Und ja, ich weiß, was Sie jetzt denken – mein jetziger Titel ist nicht so eindrucksvoll wie der, den ich damals hatte. Aber das Geld stimmt, und die Herausforderung ist da. Howard Kinsolving ist ein Prinz, Teagarten ist ein Piranha. Aber das brauche ich Ihnen ja gar nicht zu erzählen, oder?«

Es machte mir nichts aus, als junger Student bezeichnet zu werden, obwohl ich nie wieder dreißig sein würde und die Hälfte meines Haares auch nicht mehr zurückbekommen würde. Ich beantwortete Savages letzte Frage mit einem unverbindlichen Nicken. Auf dieses Feuer brauchte ganz gewiß kein Öl mehr gegossen zu werden. Ich wechselte das Thema und sprach von meinen frühmorgendlichen Angelplänen.

Savage sah auf seine Uhr und stand auf. »Ich gehe jetzt auch besser hinauf zu Howard. Assistent eines Präsidenten zu sein kann manchmal ein Rund-um-die-Uhr-Job sein. Übrigens, was haben Sie denn damals für Ihr Papier bekommen?«

»Eine Zwei.«

Savage zuckte die Schultern. »Na ja, man kann eben nicht alles gewinnen. Es war nett, mit Ihnen zu sprechen und nochmals vielen Dank.«

Ich war rechtschaffen müde, aber der Schlaf mußte noch etwas warten, während ich nach meinem Zimmerschlüssel suchte, der im Laufe des Handgemenges aus meiner Tasche gefallen sein mußte. Schließlich gab ich es auf und ließ mir vom Nachtportier einen Zweitschlüssel geben. Die Störung schien ihm nichts auszumachen. Es war wahrscheinlich das kleinste Problem, das das Hotel seit der Ankunft der beiden Brauerei-Mannschaften zu lösen hatte.

Am nächsten Morgen packte ich meine Angelausrüstung zusammen, lieh mir ein Boot und versuchte mein Glück auf dem See. Der Himmel war mir wohlgesinnt und strahlte in klarem Blau. Überall sprangen die Forellen und schnappten nach den zahlreichen Insekten. Im Lake Harper gab es Jahr für Jahr eine Unmenge von

Regenbogenforellen. Ich wußte, daß sie eine Schwäche für rote Lachseier hatten. Aber zwei Stunden später mußte ich mich damit abfinden, vollkommen ignoriert zu werden. Mein Köder lockte nicht einen einzigen Fisch an.

Inzwischen hatte der Himmel sich auch mit grauen Wolken überzogen, die anfingen, sich bösartigerweise über mir zu entleeren. Ich ruderte eilends zurück, wobei ich mich an den zehnstündigen Kurs über Meteorologie erinnerte, und an das Phänomen des Regengebiets – unstabile Luftmassen, Fronten feuchter Luft, die von den Bergen aufgehalten wurden und so weiter.

Ich lief mit leerem Korb zu meinem Auto und kam mir vor wie ein vollgesogener Schwamm. Im Hotel ging ich sofort auf mein Zimmer, um mich umzuziehen. Als ich die Tür öffnete, sah ich Ed Teagarten. Er lag auf meinem Bett, reglos, einen Fleck getrockneten Blutes auf der Stirn. Neben ihm lag mein Kopfkissen, dessen Füllung herausgeblasen worden war. Ich starrte ihn einen Augenblick lang an. Im Anatomiekurs hatten wir ein ganzes Trimester lang das Labor mit einer Leiche geteilt, aber ich hatte mich trotzdem nicht daran gewöhnen können.

Im Kurs über Kriminologie hatte ich gelernt, in solchen Situationen nichts anzurühren, denn ich mußte mich darauf gefaßt machen, möglicherweise als Verdächtiger betrachtet zu werden, allein schon aus Gründen der Anwesenheit, wenn es keinen anderen gab.

Ja, es klingt absurd, aber ich rief den Zimmerservice an. Ich mußte es tun, weil die Zimmer keine direkte Außenverbindung hatten. Ich überzeugte den konfusen Mann davon, daß ich es ernst meinte, und daß »Polizei und Krankenwagen« keineswegs der Name eines neuen Cocktails war, den ich zu bestellen wünschte. Dreißig Minuten später kam die Polizei.

Detektivleutnant Smithers, ein grimmiger Mann etwa meines Alters, mit zerzaustem Haar, führte die Polizeitruppe an. Er befahl seinen Leuten, auszuschwärmen und Näheres in Erfahrung zu bringen. Dann wandte er seine Aufmerksamkeit mir zu.

Ja, sagte ich, ich war mit dem Verstorbenen bekannt. Nein, ich wußte nicht, was er in meinem Zimmer tat. Ich erzählte ihm von dem Streit, dessen Zeuge ich gestern geworden war.

Smithers fuhr sich mit der Hand durch das ohnehin zerzauste Haar. »So etwas liebe ich«, murmelte er. »Widersprüche und ein Hotel voller Verdächtiger.«

Ein Polizist ließ sich beim Bootsverleih bestätigen, daß ich die letzten beiden Stunden auf dem See gewesen war. Dann tauchte der Polizeiarzt auf und stellte fest, daß der Tod vor ungefähr zwei Stunden eingetreten sei.

R. J. Savage, der überall dabeisein mußte, platzte ins Zimmer. Er atmete hörbar ein und sah sich die Szene genau an. »Furchtbar!« Ja, erzählte er Smithers, sie waren Konkurrenten, aber in gewisser Weise waren sie auch Brüder. Raub? Nein? Er verstand das alles einfach nicht. War die Presse schon aufgetaucht? Ja, wahrscheinlich mußte er eine Erklärung für die Presseleute vorbereiten.

Ein Polizist erschien mit einem Revolver. »Er lag in der Mülltonne am Ende des Gangs, Leutnant, in der Nähe der Feuerleiter.«

»Kommt der Revolver einem von Ihnen bekannt vor?« fragte Smithers.

»Nun, er sieht fast aus wie der von Howard Kinsolving«, sagte Savage. »Er hat ihn auf Reisen immer bei sich. Heutzutage . . .«

Smithers betrachtete den Revolver, ging ans Telefon, nannte der Vermittlung eine Nummer und sprach mit einem Computer und seinem Herrn.

»Die Waffe ist auf Howard Kinsolving zugelassen«, sagte er, als er aufhängte.

R. J. Savage schüttelte den Kopf. »Das bedeutet noch gar nichts. Er könnte ja auch gestohlen worden sein.«

Ich setzte mich in einen Sessel am Fenster. Das Zimmer war jetzt voller Menschen, aber ich wurde wohl akzeptiert, weil es mein Zimmer war. Um gar nicht erst davon zu sprechen, daß ich keineswegs außer Verdacht war. Der Tatort des Verbrechens war im Augenblick von höchster Bedeutung. Motive, oder Mangel an Motiven, würden erst später eine Rolle spielen.

Zwei Polizisten begleiteten Howard Kinsolving ins Zimmer. Er trug einen Schlafanzug und konnte die Augen kaum offenhalten. Er sagte Smithers, daß er einen schrecklichen Kater habe.

Nachdem er in Grundzügen unterrichtet worden war, sagte er zu Smithers, daß es ihm wirklich aus ganzem Herzen leid tue, und er erzählte, was er noch von dem Streit vom vergangenen Abend wußte.

»Ich will, daß Sie es aus meinem Mund erfahren«, sagte Kinsolving. »Wir waren Rivalen, seit er Flitts übernommen hat. Ich gebe zu, daß ich ihn haßte, aber ich bewunderte auch seine Fähigkeiten.

Selbstverständlich würde es mir keine einzige schlaflose Nacht verursachen, wenn ich Flitts aus dem Geschäft drängen könnte. Und ja, es hätte mir gestern abend großes Vergnügen bereitet, ihm die Nase zu brechen. Aber Mord? Nicht bei mir.«

Savage brachte seinem Boss eine Tasse schwarzen Kaffee.

Smithers fragte Kinsolving, ob jemand bestätigen könne, daß er den ganzen Morgen über in seinem Zimmer geschlafen habe.

»Ich fürchte, nein. Ich habe ein Einzelzimmer. Alle anderen von meinen Leuten schlafen in Doppelzimmern.«

»Ich verstehe«, sagte Smithers. »Würde es Ihnen etwas ausmachen, mich in die Stadt zu begleiten?«

»Nein«, sagte Kinsolving. »In meinem Leben ist alles klar und für jedermann offen. Nicht wie bei gewissen anderen Leuten.«

Bevor sie gingen, mit Savage im Schlepptau, fragte Smithers mich, ob ich vorhätte, wie geplant die ganze Woche im Hotel zu bleiben. Wahrscheinlich mußte er mich das fragen. Und wahrscheinlich blieb mir auch nichts anderes übrig, als zu antworten, daß ich das durchaus vorhätte. Kinsolving war die Nummer eins auf Smithers' Verdächtigenliste, aber das sah ein bißchen allzu einfach aus, und Smithers war kein Dummkopf. Wenn Kinsolving ausgeschlossen werden konnte, würde Smithers' Finger die Liste weiter entlangwandern, und dann mußte ich unter den ersten drei oder vier sein. Falls irgend etwas auftauchte, das mich von jedem Verdacht freiwaschen konnte, dann höchstwahrscheinlich im Hotel, und ich hatte vor, die Polizei, meinen Freund und Helfer, in diesem Punkt voll und ganz zu unterstützen.

Verständliche Paranoia, sagte ich mir, als ich zum Manager ging und ihn bat, mir ein anderes Zimmer zuzuweisen.

Ich blieb nicht allein. Die meisten der beiden Brauereimannschaften blieben ebenfalls, bis auf einige wenige, die zurückfuhren, um die daheimgebliebene Belegschaft zu unterstützen und Teagartens Familie zu helfen.

Ich trieb mich in der Halle herum und vergaß meine Fehde mit den Forellen von Harpers Lake. Ich hielt mich etwas abseits, blieb aber in der Nähe der Brauer und hörte zu. Was auch bedeutete, daß ich einen Großteil meiner Zeit in der Bar verbringen mußte.

Am ersten Tag ignorierten die Brauer mich, zumindest die meisten, während andere mich als Opfer der Umstände bemitleideten. Andere durchbohrten mich mit feindlichen Blicken und taten so, als seien sie Richter oder Geschworene. Meistens flüsterten sie unter sich, bedachten alles und jeden mit mißtrauischen Blicken und ließen sich über Schuld oder Unschuld von Howard Kinsolving aus. Paranoia, überlegte ich für mich, wurde vielleicht von einem Virus übertragen, der heimtückisch in der Luft herumflog.

Kurz nach Sonnenuntergang kam Kinsolving ins Hotel zurück, begleitet von R. J. Savage. Savage ging zum Empfangspult und gab Anweisung, Mr. Kinsolvings Gepäck hinunterzubringen. Kinsolving ging mit energischen Schritten durch die Halle, schüttelte Hände und sprach kurz mit den Top-Managern von Northern und Flitts, dann tat er dasselbe in der Bar, bevor er und Savage mit dem Gepäck wieder verschwanden.

Mehrere Stunden später kam Savage zurück. Ich war allein in der Halle. Er trat auf mich zu. »Es tut mir leid, daß Sie in diese schreckliche Sache mit hineingezogen wurden.«

»Wie sieht es bei Kinsolving aus?«

»Wahrscheinlich kann ich es Ihnen ruhig sagen. Es wird sowieso bald eine offizielle Erklärung abgegeben werden. Bisher wurde noch keine Anklage gegen ihn erhoben, aber das kann sich ändern. Howard hat sich entschlossen, sein Amt niederzulegen. Ich habe ihn gebeten, statt dessen doch nur vorübergehend Urlaub zu nehmen, bis diese Sache geklärt ist. Er ist ein so guter Mann. Wenn er nicht mehr das Steuer in der Hand hält, weiß ich nicht, was aus Northern werden wird.«

»Glauben Sie, daß er es getan hat?« fragte ich.

Er öffnete den Mund, um zu antworten, hielt aber wieder inne. »Ich neige dazu, ja zu sagen – aber wer kann da schon sicher sein?«

Kurz nach dem Frühstück am nächsten Morgen zeichnete sich eine merkwürdige Entwicklung ab. Gegen Mittag war es nicht mehr zu übersehen. Die Leute von Flitts und Northern vermischten sich, und die Vermischung wurde von Stunde zu Stunde größer. R. J. Savage war den ganzen Morgen über herumgesaust wie eine Biene auf der Suche nach Nektar, und ich hatte den Verdacht, daß die Vermischung sein Werk sei.

Nach dem Mittagessen füllte sich die Halle, und von meinem Platz an der Bar beobachtete ich das Zusammenströmen und Vermischen der beiden Gruppen, das Ausgeben von Drinks, das Aussprechen von Worten wie »Solidarität«. *Solidarität?* Ich verband dieses Wort immer mit bombenwerfenden Radikalen, nicht mit biederen Geschäftsleuten.

Ich befragte den Barkeeper, der sich für mich zu einer Art Guru entwickelte, einem weisen Orakel. Er schnitt Früchte für die Cocktails.

»Haben Sie eine Ahnung, was hier vor sich geht?«

»Komischer Haufen. Einer hat eine Belohnung von fünftausend Dollar ausgesetzt für denjenigen, der den Mörder des Chefs findet und der Polizei übergibt. Dann kam einer von dem anderen Haufen, die ihm noch vor drei Tagen nicht einmal ein Seil zugeworfen hätten, um ihn vor dem Ertrinken zu retten, und legte fünftausend Dollar dazu. Sie benehmen sich, als wären sie verheiratet und reden über eine – wie heißt das noch mal?«

Ich schluckte. »Eine Fusion?«

»Ja, genau. Eine Fusion.«

Ich bat ihn um einen doppelten Whisky, den ich mit einem Zug leerte. Jetzt, wo die Brauer an einem Waffenstillstand bastelten, war ich mehr denn je der große Außenseiter. Ich machte Urlaub in einem Hotel voller Kopfjäger. Zehntausend Dollar sind ein guter Grund für einen Meineid oder dafür, jemandem etwas in die Schuhe zu schieben. Ich war sicher, daß das viele Bier früher oder später zu schöpferischen Gedanken in dieser Richtung führen würde.

Ewige Studenten leiden, falls Sie das noch nicht wissen sollten, unter Entzugserscheinungen, wenn ihnen zu lange die akademische Stimulierung fehlt. Und wenn die Forschungen, die ihnen vorschweben, noch dabei helfen, die Schlinge um den Hals des besagten Studenten zu lockern, ist das nur um so mehr Grund, die Entzugsschmerzen zu bekämpfen.

Ich ging zu meinem Auto und raste in die Stadt. Eine Fusion. Das war der Schlüssel. Wozu, wußte ich noch nicht, aber ich hoffte, daß die Bibliothek der Universität diese Wissenslücke füllen würde.

Ich saß in der Bibliothek, bis sie geschlossen wurde, schlief im Auto und nahm meine Studien früh am nächsten Morgen wieder auf. Schließlich hatte ich mein Papier fertig, so gegen zwei Uhr nachmittags. Mehr als einmal hatte ich diese anstrengende Technik benutzt, um noch kurz vor Torschluß ein Papier abzuliefern. Mein Auto ist nicht direkt ein bequemes Bett, aber ich wollte nicht riskieren, in meiner Wohnung aufgespürt und nach meinem plötzlichen Verschwinden befragt zu werden. Ich war sicher, daß Smithers über meine Abwesenheit informiert worden war.

Ich hatte recht. Ich rief Smithers an, bevor ich zurückfuhr.

»Mein Telefon ist heißgelaufen«, sagte er trocken. »Sie haben eine Menge Freunde im Hotel, die sich über Ihren Verbleib Sorgen machen.«

Ich bat ihn, mich im Hotel zu treffen. Er sagte, das passe ihm nicht sonderlich gut, warum konnte ich nicht zu ihm ins Büro kommen? Ich sagte, ich hätte den Namen von Ed Teagartens Mörder. Er sagte, ich solle vorsichtig fahren, und er würde mich auf dem Parkplatz des Hotels erwarten.

Er kam zehn Minuten nach mir an. Ich stieg in sein Auto und fragte: »Ist es in Ordnung, wenn ich den Advocatus Diaboli spiele?«

Er seufzte und steckte sich eine Zigarette an. »Schießen Sie los.«

»Zuerst habe ich jedoch eine Frage. Wer hat die Hotelplätze für wen und wann reservieren lassen? Der Hotelmanager wollte es mir nicht sagen.«

»Die Reservierung für das Seminar von Flitts wurde am fünfundzwanzigsten März telefonisch vorgenommen. Ein paar Tage später kam ein Brief von Northern, unterschrieben von R. J. Savage.«

»Gut, wenn er die Reservierung schriftlich gemacht hat, konnte der Hotelmanager ihm nicht sagen, daß sie das Hotel mit der Konkurrenz teilen würden. Und ich vermute, daß Savage den Tagungsort geheimhielt, als eine Art Überraschung, bis zur letzten Minute.«

»Und?«

»R. J. Savage ist Ihr Mörder.«

Smithers nahm einen tiefen Zug von seiner Zigarette und schloß die Augen. »Wunderbar. Haben Sie ein unterzeichnetes Geständnis?«

»Nein. Und ich glaube nicht, daß Sie eins bekommen werden. Savage steht ziemlich sicher auf den Beinen. Aber darf ich erst einmal weitermachen?«

»Bitte.«

»Gut. Warum wurde Teagarten in meinem Zimmer umgebracht? Weil ich im Flitts-Flügel wohne und Teagartens Zimmer ganz dicht bei meinem liegt. Sehr bequem.

Warum ist Kinsolving es nicht gewesen? Warum konnte er es nicht gewesen sein? Weil er der Todfeind war und man ihn bemerkt hätte. Es wäre fast gewesen, als sei Hitler am Tag vor der Landung in Frankreich im alliierten Hauptquartier aufgetaucht.

Aber wie konnte Savage es tun? Savage, der Kinsolvings Martin Bormann war? Ganz einfach. Er wußte, daß ich fischen gehen wollte, und daß ich vor allen anderen aufstehen und mein Zimmer verlassen würde. Er schlüpfte in mein Zimmer und wartete auf Teagarten, sobald ich das Hotel verlassen hatte.

Warum ging Teagarten in mein Zimmer? Weil Savage ihn in der vorhergehenden Nacht angerufen und sich als mich ausgegeben hatte. Er erzählte Ed, ›ich‹ machte eine Untersuchung über Northern und hätte etwas sehr Interessantes dabei entdeckt, etwas, das Flitts eventuell zu seinem Vorteil ausnutzen könne. ›Ich‹ verlangte wahrscheinlich Geld. Das verlieh der Sache eine größere Authentizität. Teagarten war wirklich ein Piranha. Er hätte so etwas sofort verstanden.

Wie kam Savage in mein Zimmer? Während des Gerangels am Schachtisch ist mir der Schlüssel entweder aus der Tasche gefallen, oder er hat ihn mir vielleicht weggenommen, als wir später miteinander sprachen. Zweifellos hat er überhaupt den Streit arrangiert. Als wir später miteinander redeten, nahm sein Plan endgültig Form an.

Welches Motiv hatte er? Zweifellos das folgende. Er war nicht der natürliche Nachfolger für Howard Kinsolving. Wahrscheinlich hatte er überhaupt keine Chancen bei Northern. Wahrscheinlich war er nach seiner Entlassung durch Teagarten mehr wegen seines Insiderwissens über Flitts als wegen seiner Fähigkeiten eingestellt worden. Nun, wie es so schön heißt, läßt die Natur kein Vakuum zu, und wenn die beiden alten Kampfgäule aus dem Weg waren, standen eine ganze Menge Möglichkeiten für Savage offen. Es war ein Risiko dabei, das gebe ich zu. Wenn beide Gesellschaften weiterhin so weitermachten wie bisher, hätte Savage gar nichts davon. Aber wenn die beiden Eckpfeiler des Hasses nicht mehr da waren und man eine Diskussion über eine logische Verständigung in Gang bringen konnte, dann hatte der Mann, der diese Diskussion angeleiert hatte, einen großen Vorsprung vor seinen Konkurrenten.«

Smithers sagte: »Und was würde diese logische Verständigung sein?«

Ich reichte ihm meine Notizen.

Smithers blätterte sie durch, während ich zusammenfaßte. »Sie sehen unbestreitbare Beweise für die Tatsache, daß die beiden Gesellschaften nur durch eine Fusion überleben können. Die großen nationalen Firmen sind auf dem Vormarsch. Sie machen aufwendige Werbung im Fernsehen. Heute gibt es nur noch halb so viele Brauereien wie vor zehn Jahren, und es werden noch mehr kleinere Firmen auf der Strecke bleiben.

Sehen Sie sich die Gewinnspannen von Flitts und Northern an. Der Umsatz ist gestiegen, aber das ist teilweise bedingt durch die Inflation. Jetzt zu den Gewinnzahlen, das sind die ganz unten. Sie sehen, daß die Spanne zwischen Umsatz und Gewinn immer größer wird. Und die großen Firmen bringen immer mehr neue Produkte auf den Markt.

Sehen Sie sich die Kapitalausgaben für Northern und Flitts an. Sie versuchen nicht einmal einen Gegenangriff mit neuen Produkten. Jeder erfahrene Bankier würde sich unter seinem Schreibtisch verstecken, wenn einer der beiden ihn um Kredit angehen würde. Vereint werden wir siegen, geteilt werden wir fallen. Vereint können sie wahrscheinlich siegen, mit R. J. Savage an der Spitze, außer, *Sie* sperren ihn ein.«

Smithers sah sich meinen Bericht genauer an und rauchte eine Zigarette nach der anderen. »Aber nichts davon reicht für einen Haftbefehl aus.«

»Dazu kommt noch das Motiv der Rache«, erinnerte ich ihn. »Ed Teagarten ließ Savage über die Klinge springen, das darf man nicht vergessen.«

»Ich weiß, aber er war nicht der einzige. Zusammen mit ihm wurden auch noch andere Leute gefeuert, die inzwischen bei Northern sind.«

»Haben Sie Kinsolving am Tag des Mordes eine Blutprobe entnommen? Mir schien es, als stände er unter Drogen. Savage hat ihm wahrscheinlich etwas in seinen Gutenachtdrink gemixt und den Revolver mitgehen lassen, nachdem er ihn schön zugedeckt hatte.«

»Wir nehmen nicht von allen Leuten Blutproben. Aber angenommen, wir hätten es in diesem Fall getan. Wer beweist uns, daß er nicht selbst eine Pille genommen hat, nachdem er Teagarten erledigt hatte? Das alles ist ja sehr schön, aber ich habe in der Stadt genug andere Arbeit, und wenn Sie nichts Überzeugenderes für mich haben, tut es mir leid.«

»Es tut mir wirklich leid, Ihre Zeit vergeudet zu haben«, fauchte ich. »Aber bisher habe ich leider noch nie Kriminologie studiert.«
»Ist ja gut.«
»Wo stehe ich überhaupt bei dieser ganzen Sache? Können Sie mir das wenigstens sagen?« Ich brauchte irgend etwas für meine Arbeit.
»Sie?« sagte er, wirklich überrascht. »Unser Polizeiarzt ist ein Zauberer. Er hat die Zeit ziemlich genau festgesetzt. Sie waren auf dem See – daran gibt es gar keinen Zweifel. Wie beißen sie eigentlich?«
Ich stieg ungeduldig aus dem Auto. »Toll. Ich fange mehr, als ich tragen kann.«
»Tatsächlich? Ich komme vielleicht im August hierher. Was haben sie denn am liebsten?«
»Rote Lachseier, Leutnant. Darauf sind sie ganz wild.«

Der Scheck über zehntausend Dollar lag Ende Oktober in meinem Briefkasten, zwei Wochen nach der Fusion. Er sah frisch und verlockend aus, nannte als Kopf Flitts-Northern-GmbH und trug die Unterschrift von Howard J. Kinsolving, Vorstandsvorsitzender.
R. J. Savages Verhandlung war gerade zu Ende gegangen. Ich war einen ganzen Tag im Zeugenstand gewesen, wodurch ich wichtige Vorlesungen und ein Seminar über Fingerabdrücke im Kurs Kriminologie I versäumte. Meine Aussage hatte sich als bedeutungslos erwiesen. Die Aussage des gegenwärtigen Vizepräsidenten der Flitts-Northern-GmbH hatte Savage den Rest gegeben. Das menschliche Gedächtnis geht manchmal merkwürdige Wege. Der Vizepräsident war sehr früh aufgestanden, um seinen morgendlichen Dauerlauf zu absolvieren, und hatte gesehen, wie Savage auf den Flügel der Flitts-Leute zustrebte. Erst als Savage angeklagt wurde, war ihm die Bedeutung dieser Szene aufgegangen. Er beschrieb sie im Zeugenstand in allen Einzelheiten.
Savage hatte sich die Dienste eines legendären Anwalts erkauft. Er besaß die Gesten eines Hypnotiseurs und die Stimme eines grollenden Gottes. Niemand hatte die eigentliche Tat beobachtet, also wurde viel Wesen um Teagartens Temperament gemacht.
Savage sitzt im Augenblick in einem ziemlich freizügigen Gefängnis, und zwar nicht für sehr lange.
Ich schickte den Scheck zurück und schrieb Leutnant Smithers einen Dankbrief. Er muß sich doch um meinen Bericht gekümmert

haben, obwohl er am Anfang mir gegenüber so skeptisch war. Und er muß jemandem bei Flitts und Northern gesteckt haben, daß die Lösung des Falls mein Verdienst sei.

Aber wissen Sie, wenn ich den Scheck eingelöst hätte, wäre ich mir vorgekommen, als hätte ich eine Arbeit geleistet, sozusagen berufsmäßig. Das verträgt sich nicht mit meinem Dasein als Student.

Ich habe vor, auch Kriminologie II und III zu hören.

Im nächsten Sommer werde ich wahrscheinlich ans Meer fahren. Wenn ich eine Hütte am Strand mieten kann, werde ich keine Möglichkeit mehr haben, mehr zu hören als das Rauschen des Windes und der Wellen. Auch diese Geräusche helfen mir beim Einschlafen, wie das Trommeln des Regens.

Originaltitel: THE PERPETUAL STUDENT. 4/81

Susan Dunlap

Kleinigkeiten mit großer Wirkung

Ich bin nicht sorgfältig.

Ich kümmere mich nicht um jede winzige Kleinigkeit. Ich betrachte nicht alles und jedes von jedem möglichen Blickwinkel aus. Nur Fanatiker tun das. Aber das Leben verlangt ein gewisses Mindestmaß an Vorbereitung, wenn man in einer gewissen Bequemlichkeit leben und sich nicht ständig von demütigenden Fehlschlägen niederschmettern lassen will. Dieses Mindestmaß an Vorbereitung geht mir ab.

Es ist nicht etwa so, daß ich mir dieses Fehlens nicht bewußt bin. Im Gegenteil. Es vergeht nur selten ein Tag, ohne daß er mir erneut ins Gedächtnis gerufen wird. Da sind all die kleinen Unannehmlichkeiten: die Einkaufsliste, die ich nötig habe, aber nicht schreibe, Rezepte, die ich überfliege, um dann im Angesicht ärgerlich wartender Gäste festzustellen, daß die letzten Worte lauten: »Bei zweihundertfünfzig Grad neunzig Minuten überbacken.«

Es gab eine Zeit, in der ich als Überraschung für Andrew das Haus anstrich. Ich sagte mir, daß jeder ein Haus anstreichen kann. Schließlich hatte ich zwei Wochen zur Verfügung, und so groß ist unser Haus nun auch wieder nicht. Dieses Mal versäumte ich es nicht, die Gebrauchsanleitung auf den Farbbüchsen zu lesen. Ich las sie sorgfältig. Nur vergaß ich darauf zu achten, ob irgendwelche Vorbereitungen notwendig waren.

»Jeder weiß, daß man die alte Farbe erst abkratzen muß«, sagte Andrew später. Jeder? Ich war mit dem zweiten Anstrich schon fast fertig, als mir auffiel, daß das Haus wie eine pfefferminzgrüne Mondlandschaft wirkte. Aber das war nicht alles. Am Tag, nachdem ich mit dem Anstreichen fertig wurde, regnete es. Wie Andrew sagte: »Jeder weiß, daß man draußen nicht mit Wasserfarben arbeitet.«

Ich könnte die Liste noch beliebig verlängern, aber zumindest können Sie sich jetzt vorstellen, wie es bei mir zugeht. Ich habe mich oft gefragt, was dieses mein Versagen verursacht. Faulheit? Nicht nur. Kurzzeitgedächtnis? Vielleicht. »Du bereitest dich nicht gründlich genug vor«, hatte Andrew immer wieder zu mir gesagt. »Du mußt dich dazu zwingen.«

Ich weiß nicht, woran es liegt. Ich fange an, Gebrauchsanweisungen und ähnliches zu lesen, konzentriere mich auf jedes einzelne Wort, nehme sie in mein Gedächtnis auf wie Planeten, die von schwarzen Löchern verschlungen werden. Aber nach zwei oder drei Abschnitten sage ich leere Worte vor mich hin und denke an Nepal, oder einen Fernsehfilm, oder was auch immer. Und ich versichere mir, daß ich bereits genug weiß, und daß dieses kurze erneute Überfliegen ausreicht, mir alle Einzelheiten wieder abrufbereit ins Gedächtnis zu rufen.

Fairerweise muß ich noch sagen, daß Andrew meinen Fehler, meinen Makel, akzeptiert hat. Es wäre ja auch noch schöner. Schließlich war mein Entschluß, ihn zu heiraten, die verheerendste Auswirkung eben dieses Fehlers.

Ich lernte ihn kennen, als ich an einer Interviewserie arbeitete. Es ging darum, Leute auf der Straße um ihre Meinung zu befragen, und zwar in Duluth. Simpel, dachte ich. Die Leute lieben es, ihre Meinungen von sich zu geben. (Nicht an einer Straßenecke in Duluth an einem regnerischen Februartag.) Unter all den zitternden, bleichen Menschen in Minnesotas größter nördlichster Stadt schien Andrew Greer wie ein Ausbund strahlender Gesundheit. Leicht gebräunt, muskulös, mit hellen, blauen Augen, die endlose Tiefen versprachen, konnte er über Virginia Woolf diskutieren, um Mitternacht noch ein offenes japanisches Restaurant finden, seinen Porsche mit hundert Stundenkilometern durch die verstopften Straßen von Duluth jagen und sich dann noch aus dem wohlverdienten Strafmandat herausreden. Und was am wichtigsten war – mein Makel, der so viele andere zur Weißglut gebracht hatte, amüsierte ihn.

Uns so heirateten wir sechs Wochen später (keineswegs übereilt, denn was hätte ich in einem Jahr schon herausfinden können, was ich nicht schon nach sechs Wochen wußte?).

Wir lebten ein Jahr in Duluth und kauften einen belgischen Schäferhund, der vor dem Kamin liegen und uns beschützen sollte. (»Belgische Schäferhunde sind immer in Bewegung«, las ich später, als Smokey ruhelos in der Wohnung auf und ab lief.) Ich gab den Job als Interviewerin auf und versuchte mich kurz als Verwaltungsassistentin, und noch kürzer als Kreditsachbearbeiterin bei einer inzwischen nicht mehr existierenden Bank. Im Januar kam Andrew strahlend nach Hause. Er sollte nach Atlanta versetzt werden.

Ich packte unsere Möbel zusammen (die sich jetzt wohl irgendwo in der Nähe von Seattle befinden, denke ich mir – im Vertrag des Transportunternehmens stand irgend etwas über genaue Adressenangabe, oder?), und wir zogen nach Süden.

In Atlanta strich ich das Haus an. Und in Atlanta entdeckte ich auch, was ich bisher an Andrew übersehen hatte. Neben all seinen Interessen an Literatur und Sport, und neben seinem ausgeprägten Geschäftssinn, besaß er nämlich noch eine Leidenschaft, die ich bisher nicht beachtet hatte. Die Beweise dafür waren schon immer vorhanden gewesen. Ich hätte sie sehen müssen. Jeder andere Mensch hätte sie gesehen.

Andrew liebte Sonnenbäder über alles. Nicht Schwimmen, nicht Wasserskilaufen, nein, Sonnenbaden. Er liebte die Aktivität (oder besser den Mangel an Aktivität), die damit verbunden war, mit einem Aluminiumreflektor unter dem Kinn in der Sonne zu sitzen.

Jeden Tag eilte er in der Mittagspause nach Hause, um sich eine halbe Stunde lang der Sonne auszusetzen. Er ölte seine Haut mit seiner eigens für ihn angefertigten Rizinusölmischung ein, brachte den Reflektor in Position und lehnte sich entspannt zurück, während Smokey zwischen ihm und dem Wohnzimmer hin und her lief.

Die Wochenenden waren noch schlimmer – da hatte er den ganzen Tag Zeit. Er lag da, las nicht, hörte keine Musik, sprach nicht, als ob schon die kleinste Lippenbewegung seiner Sonnenbräune schaden würde.

Ich dachte, es würde bald vorbeigehen. Ich dachte, er würde den gewünschten Braunton erreichen und aufhören. Ich dachte, die Gefahr von Hautkrebs würde ihm Einhalt gebieten. (Er sagte mir, daß Rizinusöl die ultravioletten Strahlen nicht durchläßt.) Ich redete, ich nörgelte, ich schimpfte. Ich sah zu, wie der Körper, der einst der goldene Toast von Duluth gewesen war, ständig mit einer Rizinuslage verklebt und so lange gebraten wurde, bis er einem rohen Steak ähnelte, das man über Nacht draußen vergessen hat. Bei den wenigen Gelegenheiten, bei denen er das Haus vor Einbruch der Dunkelheit verließ, starrten die Leute ihn an. Aber Andrew machte sich nichts daraus.

Vergeblich versuchte ich, ihn mit Konzertkarten, Kinokarten und den gesammelten Werken von Virginia Woolf in Versuchung zu führen.

Im März wurden die Tage länger. Andrews Firma gab ihm einen Posten, wo er dem Auge der Öffentlichkeit entzogen war. Ich schlug einen Psychiater vor, aber die wenigen, die Andrew anrief, hatten nur tagsüber Sprechstunden.

Im April legte seine Firma ihm nahe, zu Hause zu arbeiten. Entzückt saß er von Sonnenuntergang bis Mitternacht an seinem Schreibtisch und taumelte erschöpft ins Bett. Um neun Uhr morgens saß er pünktlich in der Sonne. Nur wenn es regnete, sprach er mit mir.

Verzweifelt lud ich einen Psychiater zum Abendessen ein, damit er sich Andrew einmal ansehen konnte. (Das war das um zwei Stunden verspätete Essen, und er war der verärgerte Gast, den ich bereits anfangs erwähnte.)

Schließlich schlug ich die Scheidung vor. Aber mein Anwalt riet mir, die Gesetze von Georgia durchzulesen, und zwar gründlich. Ich tat es. Georgia kennt keine Gütertrennung, ganz im Gegenteil, und wie Andrew ausführte, wäre ich wahrscheinlich unfähig, meinen Lebensunterhalt selbst zu verdienen.

Also blieb mir nur noch eine Möglichkeit – ihn umzubringen. Schließlich würde es ihm nicht viel ausmachen. Wenn er ein gutes Leben geführt hatte, würde er nach seinem Ableben in den Himmel kommen und der Sonne näher sein. Wenn nicht, konnte er seinen Reflektor ans Feuer halten.

Dieses Mal ging ich wirklich überaus sorgfältig vor. Ich durchforschte alle Bücher über giftige Substanzen, die es in der Stadtbibliothek gab. Ich ging alles wieder und wieder durch. Ich fand heraus, daß Phenol und seine Derivate Schweißausbrüche, Durst und Zyanose hervorrufen (eine Blaufärbung der Haut, die unter Andrews lediger Bräune kaum sichtbar sein würde), verbunden mit einer Beschleunigung der Atmung, Koma und Tod. Zwei Gramm waren bereits tödlich. Vermischt mit Andrews Rizinusöl konnte ich fünfmal soviel benutzen und sicher sein, daß er es in stündlichen Abständen in seinen Körper einreiben würde, ehe die Symptome so stark wurden, daß er etwas merkte. Wenn er am Samstagmorgen wie üblich um neun Uhr anfing, würde er bei Sonnenuntergang rot, dann braun, später blau sein, und sehr tot.

Ich zögerte. Eigentlich bin ich im Herzen keine Mörderin. Ich haßte es, ihm Schmerzen zuzufügen, aber schließlich würde Andrew sich mit seinem Tick früher oder später sowieso selbst umbringen.

Ich schüttete das Phenol in Andrews Rizinusmischung, streichelte im Vorbeigehen Smokey, warf die angebrochene Phenolflasche in den Kofferraum und machte mich auf eine lange Fahrt ins Blaue.

Ich weiß nicht, wohin ich fuhr. (Ich dachte, ich wüßte es – ich dachte, ich brauchte keine Landkarte.) Zweifellos befand ich mich noch innerhalb der Stadtgrenze, als Andrew die erste tödliche Lage auf seine Haut schmierte und den Reflektor aufbaute.

Es war warm für April. Gegen Mittag waren es mindestens fünfundzwanzig Grad. Ich kurbelte das Fenster herunter und fuhr weiter. Wenn ich daran gedacht hätte nachzusehen, wäre mir das Benzin nicht ausgegangen. Wenn ich daran gedacht hätte, meine Mitgliedskarte vom Automobilklub mitzunehmen, hätte ich nicht per Anhalter in die nächste Ortschaft fahren müssen.

Die Sonne stand schon tief am Horizont, aber es waren immer noch mindestens dreißig Grad, als ich schließlich wieder zu Hause ankam. Andrews verzerrter Körper würde neben dem Liegestuhl liegen. Ich hoffte, daß Smokey sich nicht allzu laut aufgeführt hatte. Vorsichtig öffnete ich die Tür. Wachsam ging ich durch das Wohnzimmer.

Ich hörte ein Geräusch im Arbeitszimmer und ging darauf zu.

Andrew saß an seinem Schreibtisch.

Er sah schrecklich aus. Aber nicht schrecklicher als sonst.

Ich rannte zum Auto zurück und riß die Phenolflasche aus dem Kofferraum. Sie war zu heiß zum Anfassen. Ich ließ sie fallen, nahm ein ölverschmiertes Tuch zur Hand und versuchte es erneut.

Langsam las ich die Gebrauchsanweisung und die Warnung: »Kommt Phenol mit der Haut in Berührung, kann es zu Schweißausbrüchen, Durst, Zyanose, beschleunigter Atmung, Koma und Tod kommen.« Ich las weiter. »Behandlung: Haut mit Wasser abwaschen. Die Absorption verlangsamt sich, wenn Phenol mit Rizinusöl vermischt wird.«

Ich ließ mich gegen das Auto fallen. Die Sonne brannte auf mich herunter. *Warum nur konnte ich nicht sorgfältiger sein!*

Ich starrte die Flasche an und las die letzte Zeile auf dem Etikett:

»Achtung. Phenol ist bei Hitze hochgradig explosiv.«
Ich ließ die Flasche fallen. Natürlich war es zu spät.

Originaltitel: A BURNING ISSUE. 4/81

Stephen Wasylyk

Eine etwas seltsame Leiche

Die Taschenlampen des Suchtrupps fanden die Leiche der rothaarigen Frau. Sie lag auf der Seite, im Schnee des nächtlichen Berghanges, ihr puderblauer Skianzug war übersät mit winzigen Schneekristallen. Sie trug immer noch die Ski. Ihr Bein war angewinkelt, das andere ausgestreckt. Die Sonnenbrille lag neben ihr, und eine Schürfwunde an ihrer Stirn zeigte, wo ein niedriger Ast sie getroffen haben mußte.

Ich richtete mich auf und winkte den Leuten zu, sie wegzubringen, wobei ich mir bewußt wurde, wie stark Wind und Kälte während der Suche durch meinen schweren Parka gedrungen waren. Ich steckte mir eine Zigarette an. Ich rauche nur selten, aber jetzt hatte ich das Gefühl, als könne die Glut der Zigarette meinem steifen Körper ein bißchen Wärme geben. Das tat sie jedoch nicht, und so warf ich sie wieder fort.

Es gab Zeiten im Winter, wenn der Wind sich irgendwo in der hinteren Mongolei zusammenballte, über Alaska und Kanada hinwegfegte und dann durch unser Fox River Valley brauste, so kalt, daß einem die Knochen klirrten. Manchmal führte er auch Schnee mit sich. An solchen Tagen war für mich und Julio die Arbeit im Sheriffbüro reine Routine. Wir hatten Zeit, am gemütlich bullernden Ofen zu sitzen, Kaffee zu trinken und uns zu unterhalten. Die einzige Abwechslung war ein gelegentlicher Ehestreit, da offensichtlich die Tatsache, daß Männer und Frauen dann über längere Zeit dazu gezwungen waren, im Haus zu bleiben, dazu führte, daß Meinungsverschiedenheiten offen ausgetragen wurden. Und ab und zu mal passierte auch ein Unfall.

Wie dieser hier.

Eine Gestalt hob sich dunkel gegen den weißen Schnee ab. »Gates?«

»Das mit Ihrer Frau tut mir sehr leid, Royce«, sagte ich. »Das hätte ich nicht erwartet.«

Die Stimme klang gefaßt. »Ich auch nicht. Als ich Sie anrief und um Ihre Hilfe bat, dachte ich nur, daß sie sich vielleicht verletzt hätte. Aber das hier habe ich wirklich nicht erwartet.«

»Wir können nicht mehr tun«, sagte ich. »Gehen Sie nach Hause,

Royce. Ich werde es Sebastian sagen und morgen früh noch einmal vorbeikommen. Dann können wir reden.«

Ich fühlte, daß er nickte, und dann verschwand er den Abhang hinab; weiter unten befanden sich die Lichter seines Hauses. Ich folgte.

Als ich die Straße erreichte, warf ich die Schneeschuhe auf den Rücksitz meines Autos, ließ den Motor an und wartete, bis die Heizung mich ein bißchen aufgetaut hatte, ehe ich mich in die Reihe der Autos der anderen Mitglieder des Suchtrupps einreihte.

Royce Boldens einsames Haus lag auf halbem Weg den Berg hinauf, an einer Stelle, wo der Abhang ein bißchen flacher wurde, ehe er wieder steil anstieg. Weit unten sah man die Lichter der Stadt.

Einige Kilometer später löste ich mich aus der Schlange der Suchtruppautos und bog in einen Privatweg ab, der sich den Berg ein Stück hinaufschlängelte und am Tor eines Herrenhauses endete, das sich an den Berg anschmiegte.

Ich drückte auf den Klingelknopf. Eine Frau in mittleren Jahren, die eine Schürze trug, öffnete mir die Tür.

»Ist Mr. Rieber zu Hause, Sara?«

»Er ist in seinem Arbeitszimmer.« Sie führte mich durch die weitläufige Diele.

Der Mann, der in dem Sessel vor dem Kamin saß, war etwa vierzig Jahre alt. Sein langes, glattes Haar war bereits von grauen Strähnen durchzogen, sein Gesicht war wettergegerbt, und sein Körper war schlank und durchtrainiert und verriet regelmäßige Bewegung.

Die Frau, die neben ihm saß, war bedeutend jünger. Ihr blondes Haar war in der Mitte gescheitelt und im Nacken zusammengebunden. Sie trug ein schwarzes Abendkleid. Ihre Haut hatte einen goldenen Schimmer, aber ihre Augen zeigten die Farbe der Nacht draußen, genauso dunkel und genauso kalt.

Der Mann hielt mir die Hand hin. »Kommen Sie ans Feuer, Sheriff. Wie wäre es mit einem Drink?«

Ich schüttelte den Kopf.

»Ich habe schlechte Nachrichten für Sie, Sebastian. Es geht um Shana.«

»Ich verstehe nicht. Meine Schwester ist in Nassau. Hat sie einen Unfall gehabt?«

Ich nickte. »Aber nicht in Nassau. Sie ist heute nachmittag zurückgekommen und sofort zum Skilaufen hinter das Haus gegangen. Sie wissen ja, daß Royce für sie eine Abfahrtsstrecke anlegen ließ. Offensichtlich ist sie gegen einen niedrigen Ast geprallt.« Ich zögerte, ehe ich fortfuhr. »Wir wissen noch nicht, ob das sie tötete oder ob sie nur so schwer verletzt war, daß sie sich nicht helfen konnte und erfror.«

Die Frau stieß einen entsetzten Schrei aus. Rieber fiel in seinen Sessel zurück und fuhr sich mit der Hand über das Gesicht. »Dieser verfluchte Royce! Ich habe dem Idioten gesagt, daß die Strecke nur in Ordnung ist für jemanden, der gerne gemütlich fährt. Aber Shana liebte die Geschwindigkeit.«

»Ich rufe Royce an«, sagte seine Frau.

»Das wirst du nicht tun«, fauchte Rieber. »Er braucht uns nicht. Du weißt, daß Shana sich von ihm scheiden lassen wollte.« Er hob abwehrend die Hand. »Danke Ihnen, daß Sie selbst gekommen sind, um es uns zu sagen, Gates.«

Ich verließ das Zimmer und das Haus, legte den Gang ein und fuhr langsam zum Büro zurück. Nur ein Verrückter fährt schnell auf unseren Winterstraßen.

Es war keine Neuigkeit, daß Royce Bolden und Sebastian Rieber sich nicht ausstehen konnten. Daß Shana an Scheidung dachte, war schon eher eine Neuigkeit, aber vielleicht auch wieder nicht. Shana war eine eigenwillige Frau, die daran gewöhnt war, ihren Kopf durchzusetzen. Sie war ruhelos, unabhängig, lebhaft, während Royce weitaus beständiger, aber genauso eigenwillig war. Er hatte sich ein gutgehendes Architekturbüro aufgebaut. Die beiden lebten wie Hund und Katze miteinander, jedenfalls dem Gerede nach.

Als ich in die Wärme des Büros trat, sagte Julio: »Habt ihr sie gefunden?«

»Tot. Sie ist an einen Baum gefahren.«

Mein Hilfssheriff schüttelte den Kopf. »Traurig. Es muß ganz schön kalt für euch gewesen sein.«

»So kalt, daß ich noch ein Stück Holz auf dein wunderschönes Feuer werfen würde, wenn ich nicht Angst hätte, beim Bücken zu zerbrechen.«

Ich zog meinen Parka aus und stellte mich an den Ofen, die Hände dicht an der glühenden Ofenplatte.

»Wie nimmt Royce es denn auf?« fragte er.

»Royce ist schwer zu durchschauen. Sebastian ist da ganz anders.

Natürlich gibt er Royce die Schuld. Er konnte ihn sowieso nie ausstehen.«

»Manchmal frage ich mich, wen Sebastian überhaupt ausstehen kann. Er scheint ganz schlimm darunter zu leiden, daß er mit uns normalen Sterblichen umgehen muß.«

Ich grinste. »Auf jeden Fall kann er seine schöne Frau ausstehen.«

»Vielleicht nicht so sehr, wie du meinst. Ich habe ihn zufällig einmal mit Mrs. Jensen gesehen, der Bankangestellten. Sie haben auf dem Parkplatz miteinander geredet, und es sah mir nach mehr als nur einer freundlichen Unterhaltung aus.«

»Komm nur nicht auf falsche Gedanken. So wie ich Sebastian kenne, ging es wahrscheinlich eher um Geld als um Sex.«

»Ich weiß nicht. Schließlich muß er doch auch irgendwo tief in sich vergraben menschliche Gefühle haben. Aber andererseits ist er vielleicht wirklich der Gott, für den er sich hält.«

Ich zuckte die Schultern. So langsam tauten meine Gliedmaßen wieder auf, und ich ließ mich in einen Sessel fallen. »Du kannst jetzt ruhig gehen, Julio«, sagte ich. »Deine Frau wartet sicher schon.«

Er hob zum Abschied grüßend die Hand. »Ich gehe noch schnell beim Restaurant vorbei und lasse dir etwas zu essen vorbeibringen. Hast du irgendeinen besonderen Wunsch?«

»Hauptsache, es ist sehr heiß.«

Das Telefon hatte an diesem Abend erst zweimal geklingelt – beim ersten Anruf handelte es sich um eine Routinefrage, und der zweite kam vom Herausgeber der Wochenzeitung. Er wollte Einzelheiten über Shanas Tod wissen. Kurz vor zehn klingelte es wieder. Diesmal war es Dr. Blenheim, der auch als Polizeiarzt arbeitet. Er sagte: »Vielleicht habe ich etwas falsch verstanden, als man mir sagte, wann die Leiche gefunden wurde, deshalb frage ich lieber noch einmal bei Ihnen nach, Gates. Wie lange hat Shana Bolden dort im Schnee gelegen?«

»Sechs bis acht Stunden.«

»Dann haben wir es wirklich mit einer sehr seltsamen Leiche zu tun, denn in dem Zustand, in dem der Körper ist, muß sie schon bedeutend länger tot sein.«

»Unmöglich. Wie ihr Mann uns sagte, ist sie erst heute nachmittag aus Nassau zurückgekommen.«

»Dann irrt sich Royce entweder, oder er lügt. Diese Frau war nicht in Nassau. Ein Körper zeigt gewisse Merkmale, wenn er längere Zeit gefroren war. Shana hat diese Merkmale.«

Ich schwieg ein paar Sekunden. »Können Sie das beweisen?«

»Ich müßte noch die Meinung eines Experten einholen.«

»Aber *Sie* sind sich sicher?«

»Sehr sicher. Morgen kann ich Ihnen bestimmt mehr sagen, aber bis dahin würde ich vorschlagen, daß Sie schon einmal versuchen herauszufinden, wie lange sie wirklich dort im Schnee lag.«

»Können Sie mir die Todeszeit schon nennen?«

»Jetzt schon? Unmöglich.«

»Ich kann einfach nicht glauben, daß Sie eine Woche lang dort am Berg gelegen haben soll.«

»Warum nicht? Nachdem die Temperatur in den letzten Tagen nie höher war als minus zehn Grad, und die Sonne praktisch nie schien, war ihre Leiche dort so gut aufgehoben und hielt sich so gut wie in einer Tiefkühltruhe. Und soviel ich weiß, gehört das Grundstück doch Royce. Also wird auch niemand sonst dort gewesen sein.«

»Aber warum wurde der Tod nicht sofort gemeldet? Irgendwann mußte sie ja sowieso gefunden werden.«

»Wenn Sie das herausgefunden haben, lassen Sie es mich wissen.«

Bevor ich schließlich einschlief, überlegte ich mir immer und immer wieder, wie eine Frau eine Woche lang tot an einem Berghang liegen konnte, während alle Welt glaubte, sie sei in Nassau.

Als Julio am nächsten Morgen kam, sagte ich ihm, was Blenheim mir erzählt hatte, ließ ihn mit offenem Mund stehen und fuhr zu Royce Boldens Haus. Das Thermometer draußen vor meinem Büro stand auf minus zehn Grad.

Der Hang hinter dem Haus wirkte im grauen Morgenlicht kalt und abweisend. Irgendwann einmal hatte Royce mit Bulldozern und einer ganzen Menge Leute eine eng gezickzackte Slalomabfahrt anlegen lassen, damit seine Frau gleich hinter dem Haus ungestört Ski laufen konnte. Der Aufstieg war nicht allzu kompliziert, aber nur ein wirklich guter Läufer würde es wagen, ein bißchen Geschwindigkeit zuzulegen. Die Abfahrt war nicht sehr breit, und die Bäume standen ziemlich dicht. Als Shana entweder ihre Geschwindigkeit oder eine Kurve unterschätzte, hatte sie keinen Ausweg mehr. Und der Ast, der sich genau in Höhe ihres Kopfes befand, war nun einmal einer dieser unglücklichen

Zufälle, aus denen Unglücksfälle entstehen.

Ich klingelte, und Royce öffnete mir in Pyjama und Bademantel die Tür. Falls der Tod seiner Frau ihn eine schlaflose Nacht gekostet hatte, so sah man es ihm nicht an. Er war etwa Mitte Dreißig, aber sein Haar war bereits von grauen Strähnen durchzogen. Er war ein großer Mann mit breiten Schultern und ledriger Haut, die verriet, daß er einen Großteil seiner Zeit im Freien verbrachte.

»Sie sind ganz schön früh dran, Gates. Kommen Sie rein und frühstücken Sie mit mir.«

Ich setzte mich auf einen Küchenstuhl, während er Eier in eine Pfanne schlug.

»Sie sagten, daß sie gestern nachmittag aus Nassau zurückgekommen ist«, sagte ich.

Er nickte. »Halten Sie ein Auge auf die Pfanne. Ich muß Ihnen etwas zeigen.«

Er verschwand im Wohnzimmer und kam mit zwei rosafarbenen Bögen Briefpapier zurück. »Die werden alles erklären«, sagte er.

Ich überflog die beiden Nachrichten. Die eine trug das Datum von vor einer Woche und sagte, daß sie nach Nassau fliegen werde, um nachzudenken und daß er nicht versuchen solle, sie aufzuspüren. Irgendwann käme sie wieder zurück. Die zweite Nachricht lautete: »Royce, Liebling. Es ist so schön, wieder zu Hause zu sein. Bin zu dem Schluß gekommen, daß ich Schnee vorziehe – und dich. Ich gehe für eine Stunde an den Berg. Wenn ich dich zurückkommen sehe, fahre ich sofort runter. Alles Liebe, Shana.«

»Vor einer Woche hatten wir Streit«, sagte er. »Ich fand den ersten Brief, als ich am nächsten Abend nach Hause kam. Als ich sah, daß ihr Auto nicht da war, dachte ich mir zwar schon, daß sie weggefahren sei, aber trotzdem war die Nachricht eine Überraschung für mich.« Er zuckte die Schultern. »Aber wenn sie es so wollte, sollte es mir nur recht sein. Ich habe nicht versucht, sie dort anzurufen. Ich wußte auch nicht, daß sie zurückgekommen war, bis ich gestern nachmittag die Auffahrt entlangfuhr und ihr Auto in der Garage sah. Die zweite Nachricht lag auf dem Tisch. Da es schon dunkel war, wußte ich, daß sie eigentlich schon zurücksein müßte. Aber falls ihr irgend etwas passiert war, wäre es dumm gewesen, wenn ich allein rausgegangen wäre. Sie würde in jedem Fall Hilfe brauchen. Deshalb rief ich Sie sofort an.«

»Worüber wollte sie denn in Nassau nachdenken?«

»Über eine Scheidung. Wir hatten uns seit einiger Zeit unheimlich oft gestritten. Sie behauptete, eine andere Frau sei im Spiel, und sie hatte recht. Da es ja sowieso herauskommen wird, kann ich es Ihnen auch gleich sagen. Es handelt sich um Melissa Cramer.«

»Die Bibliothekarin?«

Er nickte. »Sie ist eine sehr ruhige Frau. Ganz anders als Shana.«

»Ja, ganz anders als Shana«, sagte ich. »Die Nachricht läßt darauf schließen, daß sie sich die Sache mit der Scheidung anders überlegt hat.«

»Ich verstehe es nicht. Ich dachte, wir wären uns ganz klar darüber gewesen, daß es das beste wäre, Schluß zu machen.«

Ich aß mein Frühstück zu Ende. »Sie denken also, daß sie sich die Scheidung in Nassau anders überlegt hat?«

Er zuckte die Schultern. »Ich weiß nicht«, sagte er und starrte aus dem Fenster. »Ich möchte nicht, daß Sie mich für herzlos oder gefühllos halten, Gates, aber es war vorbei. Mehr gibt es dazu nicht zu sagen.«

»Nicht ganz«, sagte ich.

Ich steckte die beiden Zettel in meine Tasche und fuhr zum Haus von Sebastian Rieber.

Die Haushälterin öffnete mir die Tür. Sebastian war gerade beim Frühstück in einem Eßzimmer, das einen großartigen Blick über das Tal bot. Ich schlug die Einladung aus, mit zu frühstücken und fragte: »Woher wußten Sie, daß Shana in Nassau war?«

Seine Augen waren kalt. »Was für eine Frage ist das denn?«

»Tun Sie mir den Gefallen.«

»Sie schrieb mir einen Zettel, in dem sie sagte, daß sie für eine Woche wegfahren würde, um über eine Scheidung nachzudenken, und daß sie mich anrufen würde, wenn sie wieder zurück sei.«

»Haben Sie den Zettel noch?«

»Nein, warum hätte ich ihn aufheben sollen?«

»Also wissen Sie gar nicht genau, ob sie wirklich in Nassau war oder nicht.«

Seine Augen sahen mich abweisend an. »Ich hatte keinen Grund, daran zu zweifeln.«

Ich setzte meinen pelzgefütterten Hut auf. »Wahrscheinlich nicht«, sagte ich.

Julio sah auf, als ich hereinkam. »Hast du etwas herausbekommen?«

»Ich weiß noch nicht. Ist alles ruhig?«

»Hast du dir denn nicht das Thermometer angesehen? Es ist viel zu kalt für Verbrechen.«

»Vielleicht nicht.« Ich blätterte durch meinen Aktenstapel, bis ich das Blatt fand, das ich suchte, steckte es in meine Tasche und wandte mich wieder zur Tür.

Julios Stimme folgte mir. »Und wieder einmal begibt sich unser mutiger Verbrechensbekämpfer hinaus in die stürmische Winternacht, auf der Jagd nach ...«

Ich knallte die Tür zu.

Es war kein Problem, zu dieser Stunde und an diesem kalten Wintermorgen mitten im Geschäftszentrum der Stadt einen Parkplatz zu finden. Ich kletterte über die Schneeberge, die am Straßenrand angehäuft waren, und klingelte an einem kleinen Geschäft mit dem Schild: MADAME BOMBAZI, Wahrsagerin.

Die Frau, die mir die Tür öffnete, war ungefähr vierzig Jahre alt und wirkte sehr eindrucksvoll. Ihre Wangenknochen waren sehr ausgeprägt und gaben ihrem Gesicht einen raubvogelhaften Ausdruck. Die Augen lagen tief in den Höhlen. Im Sommer, wenn sie Zigeunerkleidung und grelles Make-up trug, strahlte sie eine derartige Autorität aus, daß selbst der zweifelnde Tourist von ihren Fähigkeiten überzeugt wurde. An Winterwochenenden hielt sie Hof in einem Restaurant für Skifahrer, wo sie die Zukunft aus Teeblättern vorhersagte.

Sie lächelte. »Ist dies eine Verhaftung oder wollen Sie, daß ich in Ihre Zukunft blicke?«

»Weder noch, Naomi. Ich möchte mich eines Ihrer Talente bedienen.«

Ihre Augenbrauen hoben sich. »Ein solches Angebot von einem gutaussehenden Mann kann ich natürlich nicht ausschlagen, auch wenn es dafür noch ziemlich früh am Tag ist. Kommen Sie rein und werden Sie deutlicher.«

Sie führte mich in ein behaglich eingerichtetes Zimmer hinter ihrem Studio.

Ich reichte ihr die beiden Blätter mit den Nachrichten, die Royce mir gegeben hatte, und ein Formular, das Shana einmal bei einem Verkehrsunfall ausgefüllt hatte. »Sie sind doch fast so etwas wie ein

Graphologe, Naomi. Sehen Sie sich die Schriftstücke an und sagen Sie mir, ob sie von derselben Person geschrieben wurden.«

Sie lächelte leise. »Aha, ich sehe. Sie sind gekommen, um Madame Bombazi zu sprechen, nicht Naomi Clark. Ich bin sehr enttäuscht darüber.«

Sie ging zu einem kleinen Schreibtisch, knipste eine Lampe an und betrachtete die Blätter sehr genau. Schließlich schob sie das Unfallformular zur Seite und nahm die beiden Nachrichten von Shana zur Hand. »Diese beiden wurden nicht von Shana Bolden geschrieben, auch wenn ihr Name darunter steht.«

»Würde der Unterschied jemandem auffallen, der ihre Handschrift kennt?«

»Nur wenn er sehr genau darauf achten würde. Aber ich muß Ihnen sagen, daß es sich dabei nicht um richtige Fälschungen handelt in dem Sinne, daß jemand absichtlich versucht hat, ihre Schrift nachzumachen. Ich würde sagen, daß sie von einer Frau mit sehr ähnlicher Schrift geschrieben und als Shanas akzeptiert wurden, weil es keinen Grund gab zu vermuten, daß sie nicht von Shana stammen.«

»Sind Sie sicher, daß es eine Frau war, die die Zettel schrieb?«

»Absolut sicher. Kein Mann könnte so schreiben.«

Ich steckte die Papiere in meine Tasche zurück. »Zu dumm, daß Sie mir aus Ihren Teeblättern nicht verraten können, wer sie ist.«

Sie lächelte. »Natürlich wird sie Shana irgendwie ähnlich sein. Handschriften lügen nicht.«

Ich dankte ihr, und sie brachte mich noch zur Tür. Ich hatte einen Fuß schon auf der Schneewehe am Straßenrand, als jemand mich anrief.

Der Mann, der auf mich zueilte, hatte den Hut tief in die Stirn gezogen und den Pelzkragen seines Mantels hochgeschlagen. Seine auffallend große Nase war vor Kälte gerötet.

»Morgen, Mercer«, sagte ich. »Und wie geht es dem führenden Bankier der Stadt?«

Er machte eine ungeduldige Bewegung mit seiner behandschuhten Hand. »Was höre ich da über Shana Bolden?«

»Ich weiß nicht, was Sie gehört haben, aber sie ist tot. Es war ein Skiunfall.«

»Wie schrecklich. Royce hätte mich sofort anrufen müssen.

Schließlich liegen ihre ganzen Finanzangelegenheiten in meiner Hand.«

»Er wird Sie schon noch informieren.«

»Sie verstehen nicht. Es handelt sich um eine sehr komplizierte und sehr große Anlage. Ich werde alle Zeit brauchen, die ich bekommen kann.«

Es zeugte zwar nicht gerade von gutem Geschmack, aber ich konnte mir die Bemerkung einfach nicht verkneifen, denn falls irgend jemand noch mehr an Geld interessiert war als Sebastian Rieber, dann war es Mercer Ford. »Ziehen Sie doch einfach einen Strich quer durch die ganze Stadt, Mercer. Shana gehört die linke Hälfte und Sebastian die rechte.«

Ich fuhr unter seinen empörten Blicken aus der Parklücke heraus und zurück zum Büro. Dort erklärte ich Julio meine morgendlichen Aktivitäten.

»Du weißt ja wohl, daß das alles absolut keinen Sinn ergibt«, sagte er. »Weshalb sollte irgend jemand sich die Mühe machen, einen Unfall eine Woche lang geheimzuhalten? Und wie konnte derjenige sicher sein, daß weder ihr Mann noch ihr Bruder versuchen würden, sie in Nassau zu erreichen?«

»Ganz einfach. Dafür waren die Nachrichten gedacht. Wenn eine Frau wie Shana etwas sagt, dann akzeptiert man das eben. Keiner der beiden hatte irgendeinen Grund anzunehmen, daß sie nicht genau das tun würde, was in den Nachrichten stand. Aber laß uns doch einmal durchspielen, wie weit die Sache gegangen wäre, falls Royce oder Sebastian doch versucht hätten, sich mit ihr in Verbindung zu setzen. Ruf die Fluggesellschaften in New York an und frage, ob bei einer von ihnen letzte Woche eine Mrs. Bolden nach Nassau geflogen ist. Falls ja, versuchst du, eine Stewardess zu finden, die sich an sie erinnern und dir eine Beschreibung geben kann. Ich gehe jetzt zu Blenheim. Vielleicht weiß er inzwischen mehr als letzte Nacht . . .«

Dr. Blenheim war in seinem Büro im Krankenhaus. Er war groß und dünn und sah dem jungen Abraham Lincoln verblüffend ähnlich.

»Erzählen Sie mir nicht, daß Sie noch gar nicht angefangen haben«, sagte ich.

Er lächelte. »Regen Sie sich nur nicht auf. Da ich ja genau wußte, daß Sie wie ein Verrückter hinter mir her sein würden, habe ich bereits andere Vorkehrungen getroffen. Ich habe hier einen jungen Internisten, der sich speziell für dieses medizinische Gebiet interessiert, und er hat heute morgen die Autopsie gemacht. Der Bericht ist zwar noch nicht getippt, aber ich kann Ihnen schon die wichtigsten Punkte nennen. Sie starb an einer Kopfverletzung, aber ihr linkes Handgelenk war ebenfalls gebrochen, so als habe sie den Arm schützend hochgerissen. Wenn Sie jetzt annehmen wollen, daß sie so schnell fuhr, daß eine derartige Verletzung passieren konnte, so ist das Ihr gutes Recht. Ich persönlich bin anderer Meinung. Nach der Gewalt zu urteilen, mit der sie getroffen wurde, glaube ich, daß sie mit einem dicken Knüppel oder etwas Ähnlichem niedergeschlagen wurde. Sie haben hier keinen Unfall, sondern einen Mord, was wahrscheinlich auch der Grund dafür war, daß die Leiche eine Woche lang geheimgehalten wurde.«

»Aber die Todeszeit können Sie immer noch nicht genau angeben, oder?«

»Medizinisch, nein. Aber«, fuhr er fort und schob mir einen Umschlag zu, »das hier haben wir bei Shana gefunden.«

Ich kippte den Inhalt des Umschlags auf seinem Schreibtisch aus: ein Schlüsselbund, eine Sonnenbrille und eine kleine Kalenderuhr mit zerbrochenem Glas. Die Uhr war stehengeblieben.

Das Datum im Fenster der Uhr war von letzter Woche, die Zeiger standen auf halb zwei.

»Offensichtlich zerbrach die Uhr, als sie den Arm hochriß«, sagte er. »Sie können mir nicht erzählen, daß sie eine ganze Woche in Nassau verbrachte, mit einer kaputten Uhr am Handgelenk. Sie wollten einen Beweis für die Todeszeit. Hier haben Sie ihn – aber verlangen Sie ja nicht von mir, daß ich Erklärungen dafür abgebe.«

Ich wog die Uhr in der Hand. »Und ohne sie?«

»Sie haben alles, was Sie für Ihre Arbeit brauchen. Also, was werden Sie jetzt tun?«

Ich legte die Uhr in den Umschlag zurück und verstaute ihn sorgfältig in der Brusttasche meines Hemdes.

»Ich mache bei Ihrer Annahme weiter. Wer auch immer sie tötete, er hat die Uhr übersehen – und diese Uhr ist der eine Beweis, der den Fall hochgehen lassen kann wie eine Rakete. Ich kann entweder viel Zeit damit verbringen, das alles genau durchzudenken und jede Möglichkeit durchzugehen, oder ich kann eine kleine Abkürzung

nehmen, ein kleines Spielchen wagen, wenn Sie so wollen.«
»Was für ein Spielchen?«
»Ich werde vielleicht darauf bauen, daß, wer immer es getan hat, von mir glaubt, daß ich zu ehrlich bin und mir keine Lüge zutraut.«

Julio erwartete mich mit einem sehr zufriedenen Ausdruck auf dem runden Gesicht. »Ich habe die Fluggesellschaft ausfindig gemacht, und eine Stewardess, die sich an eine attraktive, rothaarige Frau namens Mrs. Bolden erinnert. Ebenso der Portier in einem Hotel in Nassau, das mir die Stewardess genannt hat.«
Ich dachte einen Augenblick lang nach. »Und ich wette, falls Royce oder Sebastian Mrs. Bolden dort angerufen hätten, hätten sie nur gehört, daß sie im Augenblick außer Haus ist. Und sie hätte nie zurückgerufen. Aber es hätte ausgereicht, ihre Anwesenheit dort zu bestätigen.«
Ich rief Sebastian an. Sara, die Haushälterin, hob ab. »Mr. Rieber ist nicht zu Hause«, sagte sie.
»Wissen Sie, wo er ist, Sara?« fragte ich.
»Bei einer Besprechung in der Bank. Mr. Ford hat angerufen und ihn gebeten, vorbeizukommen. Er sagte, daß Mr. Bolden auch da sein würde.«
Ich hängte ein und sagte zu Julio: »Ich hatte gerade vor, eine kleine Familienversammlung einzuberufen, aber Mr. Ford hat das netterweise für mich erledigt. Falls du mich brauchst, ich bin in der Bank.«
Die Geschäftszeiten waren schon vorbei, aber der Wächter lächelte mich durch die Scheiben aus Sicherheitsglas an und schloß mir die Tür auf.
»Wo ist die Versammlung?« fragte ich.
»Im Konferenzzimmer, Sheriff.«
Ich klopfte an die dicke Tür aus Nußholz und trat ein.
An dem großen, rechteckigen Nußholztisch saßen Royce und Sebastian an den beiden Längsseiten. Am Kopfende, eine Menge Papier vor sich ausgebreitet, saß Mercer Ford, am Fußende der Familienanwalt, Tobias Kragg. Er war etwa Mitte Sechzig, klein und mager, hatte sich vor dreißig Jahren einen Namen als Spitzenanwalt gemacht, und seitdem hatte sein Ruf nichts von seinem Glanz verloren.
Ford erhob sich. »Aber wirklich, Sheriff Gates . . .«

»Es tur mir leid, daß ich Sie stören muß«, unterbrach ich ihn. »Ich wollte eigentlich mit Royce und Sebastian sprechen, aber ich bin froh, daß Sie und Tobias auch anwesend sind, weil das, was ich zu sagen habe, Sie ebenfalls betrifft.«

Ich erzählte ihnen, was Blenheim mir gesagt hatte, und sie starrten mich alle ungläubig an.

»Falls das wirklich wahr sein sollte«, sagte Sebastian, »was für einen Grund könnte irgend jemand haben, meine . . .« Er hielt abrupt inne, als seine Augen auf Royce fielen. »Du! Du bist der einzige, der ein Motiv hat!«

»Und was für ein Motiv wäre das?« fragte Royce lächelnd.

»Die Scheidung.«

»Wir wollten die Scheidung im beiderseitigen Einvernehmen. Falls jemand sie tatsächlich umbrachte – was ich bezweifle –, dann warst du es wahrscheinlich. Ihr beide hattet doch mal wieder eine eurer klassischen Auseinandersetzungen über das Vermögen.«

»Ich bitte um Ruhe«, sagte Tobias Kragg mit gelassener Stimme. Dann wandte er sich an mich. »Wir haben also zwei neue Punkte in diesem Fall. Erstens, daß sie schon vor einer Woche starb, und zweitens, daß jemand sie umbrachte. Welche Beweise haben Sie für diese beiden voreiligen Schlußfolgerungen?«

»Keine. Wir haben nur eine durchaus fundierte medizinische Meinung und einige Vermutungen.«

»Für ein Gericht nicht genug.«

»Das weiß ich, aber ich glaube, daß wir den einschlägigen Beweis noch finden werden. Dr. Blenheim stellte ein Mal an ihrem Handgelenk fest, das darauf schließen läßt, daß sie ein Armband oder eine Uhr trug. Als sie den Arm hochriß, um ihren Kopf zu schützen, muß das Band gerissen sein.« Die Worte kamen mir so glatt und zügig über die Lippen, als hätte ich die Lüge einstudiert. »Als Shana letztes Jahr einmal einen Unfall bei mir meldete, fiel mir auf, daß sie eine kleine, teure Armbanduhr mit Datumsanzeiger trug. Sie sagte, Royce hätte sie ihr zum zweiten Hochzeitstag geschenkt. Stimmt das, Royce?«

»Sie trug die Uhr ständig.«

»Dann trug sie sie wahrscheinlich auch, als sie getötet wurde. Und falls die Uhr ihr nicht nur vom Handgelenk geschlagen wurde, sondern dabei auch noch zu Bruch ging, dann erfahren wir durch sie Todestag und genaue Uhrzeit. Morgen früh werde ich mit zwölf

Männern den Berg von oben bis unten durchkämmen. Wenn wir die Uhr finden, gut. Falls nicht, müssen wir es weiter versuchen. Irgendwann wird sie auftauchen, und wenn es bis zum Frühling dauert.«

»Ich glaube immer noch, daß Sie verrückt sind«, sagte Royce.

»Bei näherem Nachdenken glaube ich das auch«, sagte Mercer Ford. »Das Ganze ist sehr weit hergeholt. Sie sagen, daß eine andere Frau die Nachrichten schrieb? Wer?«

»Dieselbe Frau, die sich eine rote Perücke aufsetzte und als Mrs. Bolden nach Nassau flog, was übrigens eine weitere Spur ist, der wir nachgehen werden.«

Kragg gab ein Geräusch von sich, das sich verdächtig wie ein verächtliches Schnauben anhörte. »Wir wissen Ihr Pflichtbewußtsein zu schätzen, Sheriff, aber vielleicht sollten Sie uns wirklich mehr bieten als Dr. Blenheims Meinung, so verläßlich sie auch in der Vergangenheit immer war. Und jetzt entschuldigen Sie uns bitte.«

Ich nickte und ging.

Eine Stunde später bog ich in einen Seitenweg nicht weit von Royces Haus ein, schaltete den Motor aus und wartete. Die frühe Dunkelheit des Winters war schon hereingebrochen und verwandelte die Landschaft in ein monotones Bild aus grauem Schnee und schwarzen Bäumen.

Julio parkte in der Nähe der Bank, und wenn die Versammlung sich auflöste, würde er mich anrufen, woraufhin ich noch genug Zeit hatte, meinen Posten an der Abfahrt hinter Royces Haus einzunehmen.

Royce und Sebastian hatten sich gegenseitig beschuldigt. Meiner Meinung nach hatte einer der beiden recht. Nur diese beiden hatten Shana nahe genug gestanden, um ein Motiv zu haben. Und ich hätte gewettet, daß der Mann, der für die Tat verantwortlich war, versuchen würde, die Uhr heute nacht zu finden, bevor mein nicht existierender Suchtrupp sich am Morgen an die Arbeit machte. Es war kein Problem für ihn. Er wußte genau, wo er sie niedergeschlagen hatte, und mit einer guten Taschenlampe konnte er die nähere Umgebung innerhalb kürzester Zeit absuchen.

Julios Stimme krächzte über das Radio.

»Sie machen sich jetzt auf den Weg.«

»Bis später also, im Büro«, sagte ich.

Ich steckte die Thermoskanne mit heißem Kaffee und die Taschenlampe ein und begab mich zu der Stelle hinter Royces Haus, wo die Abfahrt die scharfe Kurve machte und wir die Leiche gefunden hatten. Ich lehnte mich gegen einen Baum, zog den Hut tiefer in die Stirn und schlug den Kragen hoch. Ich wußte nicht, wie lange ich warten mußte, oder ob überhaupt einer der beiden auftauchen würde. Es war wirklich eine unsichere Sache. Falls es nicht klappte, würden Julio und ich den Fall Stückchen für Stückchen zusammenbasteln – feststellen, welche Frau nicht in der Stadt gewesen war, die Stewardess und den Hotelportier befragen, ihnen Fotos zeigen, Alibis für den Zeitpunkt von Shanas Tod überprüfen. Irgendwie würden wir den Mörder finden.

Trotz meines dicken Mantels und der schweren Stiefel kroch die Kälte in mir hoch, und ich dachte, falls Royce der Täter war, würde er bestimmt nach der Uhr suchen, kaum daß er nach Hause kam. Sebastian dagegen müßte bedeutend vorsichtiger sein. Vielleicht würde er warten, bis er sich sicher fühlte, daß Royce ins Bett gegangen war. Ich schnitt eine Grimasse. Bis dahin konnte ich steifgefroren sein. Ich machte ein paar Muskelübungen, um die Blutzirkulation anzukurbeln.

Die Scheinwerfer eines Autos tauchten auf der Auffahrt auf. Kurz darauf gingen im Haus die Lichter an. Ich wartete. Was immer Royce auch tat, er machte keine Anstalten, in meine Nähe zu kommen. Ich trank etwas Kaffee, um mich aufzuwärmen. Nach etwa einer Stunde gingen die Lichter wieder aus, die Scheinwerfer an, und das Auto fuhr davon.

Nun, damit bleibt nur noch Sebastian übrig, dachte ich, und die Sonnenbräune seiner Frau bedeutet genau das, was ich angenommen habe.

Zunächst sah ich die Gestalt nicht. Ich spürte mehr, daß sich ein dunkler Schatten bewegte, wo sich eigentlich nichts bewegen durfte, und dann hob sich die Gestalt etwas deutlicher vor dem Grau des Schnees ab.

Plötzlich warf eine Taschenlampe einen runden Schein vor die Füße der Gestalt, die ich nicht erkennen konnte. Der Schein bewegte sich langsam vorwärts. Ich war verwirrt, bis mir klar wurde, daß wir immer angenommen hatten, Shana sei dort umgebracht worden, wo wir sie gefunden hatten, was aber offensichtlich ein Irrtum war. Die Gestalt suchte dicht hinter Royces Haus, ganz in der

Nähe eines Stapels Feuerholz. Er konnte nur nach der Uhr suchen, was bedeutete, daß Shana dort umgebracht und ihr Körper erst später den Berg hinaufgetragen worden war, um den angeblichen Unfall glaubwürdiger zu machen.

Das war alles, was ich brauchte. Ich trat mit steifen, widerspenstigen Beinen unter den Bäumen hervor, zog die Taschenlampe heraus und knipste sie an, als ich mich der Gestalt näherte.

Das heißt, ich wollte sie anknipsen, aber es passierte gar nichts. Sie funktionierte nicht. Der Mann hatte mich jedoch gehört oder meine Anwesenheit gespürt. Seine Taschenlampe wurde hochgerissen und schien mir genau ins Gesicht. Ich hörte einen Fluch, dann schleuderte er die Lampe nach mir. Ich duckte mich. Sie prallte an meiner Schulter ab.

Ich hörte den Mann seitlich am Haus vorbeilaufen. Ich folgte ihm, etwas schwerfällig vor Kälte, und als ich schließlich die Straße erreichte, sah ich nur noch Scheinwerfer aufflammen und hörte den Motor aufheulen. Ich rannte auf mein Auto zu. Der andere Wagen sauste an mir vorbei und verschwand die Straße hinab. Sekunden später hörte ich das schrille Kreischen, mit dem ein schnelles Auto auf einen feststehenden Gegenstand aufprallte.

Ein paar hundert Meter die vereiste Straße entlang war die Stelle, wo er ins Schleudern geraten und fast frontal auf einen Baum geprallt war.

Ich riß die Autotür auf und raste auf das Wrack zu. Der Benzingestank lag schwer und beißend in der Luft. Auch war ein leise zischendes Geräusch zu hören. Ich zerrte verzweifelt an der verbeulten Tür, bekam sie schließlich auf, krallte meine Finger in seinen Mantel, zerrte ihn aus dem Auto und etwa dreißig Meter weit weg. Dann flog das Auto in die Luft. Der Schock und die Hitzewelle warfen mich zu Boden.

Ich kniete neben ihm und starrte ihm im grellen Licht meiner Scheinwerfer und des Feuers ins Gesicht, ehe ich mir die Handschuhe abriß und meine Finger an seinen Hals legte. Ich suchte den Puls. Ich konnte ihn nicht finden.

Mercer Ford war schon tot gewesen, als ich ihn aus dem Auto zerrte.

Es war spät. Ich saß im Wohnzimmer im Haus der Fords, mit Mrs. Ford und Tobias Kragg.

Kragg sagte: »Im Interesse einer schnellen Aufklärung der Angelegenheit habe ich Mrs. Ford erlaubt, Ihnen zu sagen, was passiert ist, Sheriff. Obwohl sie sich zu einem gewissen Maße schuldig gemacht hat, bin ich doch sicher, den Staatsanwalt und Royce davon überzeugen zu können, daß eine strafrechtliche Verfolgung nicht angebracht ist.«

Mrs. Ford war schlank, mittelgroß, hatte kurzgeschnittenes dunkles Haar, eine leichte Sonnenbräune und fast edel zu nennende Gesichtszüge. Sie war jünger als Mercer, eine gute Freundin von Shana – sie waren zusammen aufgewachsen und hatten dieselben Schulen besucht.

»Wahrscheinlich hat es an dem Tag angefangen«, sagte sie mit sanfter Stimme, »als ihm auffiel, daß meine Handschrift Shanas sehr ähnlich ist. Ein paar Tage später brachte er einige Dokumente mit nach Hause und ein Muster ihrer Unterschrift. Er wollte, daß ich ihren Namen schreibe. Es sei nichts Wichtiges, sagte er. Er wollte nur von einem ihrer größten Konten vorübergehend etwas Geld abziehen, um ein finanzielles Problem zu lösen, in dem er im Augenblick steckte.«

Ich lehnte mich im Sessel zurück. »Und Sie machten keine Einwände?«

»Natürlich, aber er sagte, das Ganze werde keinerlei Folgen haben. Ich vertraute ihm voll und ganz.«

Wie auch Shana Bolden, dachte ich.

»Dann geschah mehrere Wochen lang nichts. Aber plötzlich rief Shana ihn an. Sie wollte sich von Royce scheiden lassen und aus Fox River wegziehen, und sie wollte mit dem Geld aus eben diesem Konto einen Landsitz in Colorado kaufen. Natürlich konnte Mercer ihr das Geld nicht geben. Er sagte, er würde zu ihr gehen und ihr gestehen, was er getan hatte. Er war sicher, daß sie in Anbetracht seiner langen Beziehung zur Familie zwar wütend sein würde, aber ihm trotzdem ein paar Tage Zeit lassen würde, das Geld zu ersetzen. Er verabredete sich mit ihr.«

Sie rieb sich die Stirn. »Ich weiß wirklich nicht, was genau dann passiert ist, nur, daß Shana keineswegs Verständnis zeigte. Sie wollte ihn verklagen. Sie bekamen Streit. Mercer verlor die Beherrschung, als sie ihm mit Gefängnis drohte, und schlug sie mit einem Holzstück nieder.« Ihre Augen sahen mich bittend an. »Shana konnte ganz schön gemein sein.«

Ich sagte nichts.

»Er wußte, daß er alles verlieren würde, wenn die Wahrheit herauskam. Sie trug ihren Skianzug. Es kam ihm der Gedanke, einen Unfall vorzutäuschen, und er schaffte es, sie den Berg hinaufzutragen. Aber danach fiel ihm ein, daß ihre Konten eingefroren würden, wenn sie tot aufgefunden wurde, und daß er dann keine Gelegenheit mehr hätte, das Geld zu ersetzen. Da dachte er daran, alles so hinzustellen, als hätte sie die Stadt verlassen. Er kam nach Hause und bat mich, mit zu Shanas Haus zu fahren. Er bat mich, auf Shanas Papier die Nachrichten an Sebastian und Royce zu schreiben und ihr Auto in unserer Garage zu verstecken.«

Ich starrte sie an. »Und Sie haben mitgemacht?«

Sie hob die Schultern. »Ich konnte Shana nicht wieder lebendig machen, und ich mußte ihn schützen. Ich flog unter ihrem Namen nach Nassau. Er rief mich dort an, als er das Geld ersetzt hatte. Ich kam gestern zurück, brachte das Auto zurück und schrieb die zweite Nachricht an Royce. Den Rest kennen Sie ja.«

Ich trat mit Kragg in die kalte Nacht hinaus. »Sie ist nicht die erste Frau, die für den Mann, den sie liebt, alle moralischen Werte, alle Vernunft und Logik über Bord wirft«, sagte er.

Ich hatte das Gefühl, gerade eine Geschichte gehört zu haben, die nach den äußeren Umständen maßgeschneidert worden war. Das Gefühl, daß irgend etwas fehlte oder nicht stimmte.

Naomi Clark hatte gesagt, daß die Frau, die die Nachrichten schrieb, eine starke Persönlichkeit sein mußte, genau wie Shana. Falls Naomi recht hatte, konnte ich mir einfach nicht vorstellen, daß Mrs. Ford ihrem Mann so ohne weiteres nachgegeben hatte.

»Ich kann das nicht akzeptieren«, sagte ich. »Vielleicht hat Mercer tatsächlich das Geld veruntreut, aber Shana war *ihre* Freundin. *Sie* ging hin, um mit ihr zu reden. *Sie* brachte sie um. Dann bat *sie* Mercer um Hilfe. Und von da an erst kam er ins Spiel. Er suchte die Uhr, um *sie* zu schützen, nicht sich selbst.«

»Ein phantastischer Einfall, Gates.«

Ich zuckte die Schultern. »Das glaube ich nicht. Wie Madame Bombazi sagt, Handschriften lügen nicht.«

Michael Scott Cain

Der letzte Bruch

Jackie Harmony lud den letzten Fernseher in seinen VW-Bus und lächelte zufrieden. Er wischte sich den Schweiß von der Stirn, knallte die Tür zu und zuckte zusammen, als das Geräusch laut in der dunklen Straße widerhallte. Wachsam sah er sich um. Als er sich vergewissert hatte, daß niemand zu sehen war, schloß er die Ladetür ab und ging nach vorne, wobei er sich die Hände rieb – nicht nur aus Zufriedenheit, sondern auch, um sich aufzuwärmen. Als er die Tür öffnete, trat Charlie Weed aus einer Einfahrt.

»Guten Abend, Jackie«, sagte er.

Harmony wollte weglaufen, aber drei Polizisten in Uniform versperrten ihm den Weg. Er zuckte die Schultern und lehnte sich an den Bus.

»Zwanzig Farbfernseher, Jackie?« Weed stand lässig da und hielt die Hände in den Taschen. Harmony spürte, wie Haß in ihm aufkam. »Ist das nicht ein bißchen zu gierig?«

»Ich kann von Bonanza eben einfach nicht genug kriegen.«

Weed lächelte, aber es war kein humorvolles Lächeln. Sein Gesicht zeigte einen eitlen, zufriedenen Ausdruck. Jackie wünschte sich, er wäre noch jung genug, ihm die Faust auf die Nase zu setzen und einen Fluchtversuch zu wagen, aber er war zu alt für solche Unternehmungen. Und wenn man bedachte, wie leicht sie ihn heute abend geschnappt hatten, war er vielleicht auch zu alt für den ganzen Job.

»Über Fernsehen können wir uns auf der Wache unterhalten, Jackie.« Weed nickte seinen Männern zu und sagte: »Nehmt ihn mit.«

Weed bot Harmony keinen Kaffee an. Er saß hinter seinem Schreibtisch und machte viel Getue darum, Milch in seinen Kaffee zu schütten und ihn sorgfältig zu zuckern. Er sagte kein Wort zu Harmony, aber er sah ihn gelegentlich an und grinste leicht.

Weed machte um alles viel Getue, dachte Harmony. Er war so kühl, so gefühllos, daß allein seine Gegenwart einen schon nervös machen konnte. Im Augenblick brauchte Harmony eine Tasse Kaffee mehr als er je etwas in seinem Leben gebraucht hatte, aber er hätte sich eher die Zunge abgebissen, als Weed darum zu bitten.

Er kannte Weed, seit er vor etwa fünfzehn Jahren zum erstenmal auf Streife gegangen war, aber Weed war seitdem nicht älter geworden. Er sah immer noch ein bißchen aus wie ein Junge von einer Farm, der sich für die Stadt in seine Sonntagskleider geworfen hat. Sein Haar war etwas dünner geworden, aber das war auch schon alles.

Jackie Harmony war sich seines Alters sehr bewußt, seit er gehört hatte, daß ein alter Schulfreund einfach so auf der Straße tot zusammengebrochen war. Er war nicht mehr jung. Es verblüffte ihn. Er war sein ganzes Leben lang jung gewesen, und jetzt, plötzlich, wie über Nacht, war er alt. Es beunruhigte ihn. Er war die ganze Nacht über auf den Beinen gewesen, und jetzt brannten seine Augen vor Müdigkeit. Kaffee würde ihm guttun, aber auf keinen Fall würde er Weed um eine Tasse bitten. Er würde Weed um überhaupt nichts bitten.

»Harmony. Jackie Harmony.« Weed schien laut zu überlegen. »Komisch, wir haben hier Jackie Carmichael in den Akten. Welcher Name stimmt denn?«

»Harmony ist mein Berufsname.«

»Oh?«

Was wollte Weed? Er wußte alles über Jackie. Weed wußte alles über jeden. Warum machte er das jetzt?

»Ich war früher Sänger. Jackie Harmony war mein Künstlername.«

»Du hättest dabei bleiben sollen. Als Einbrecher bist du nämlich nicht besonders gut.«

»Als Sänger war ich gut, aber mir fehlten die richtigen Beziehungen. Und Sie wissen ja, wie es ist, Weed – ich konnte schnellem Geld nie widerstehen.«

»Nachdem du zweimal im Knast gesessen hast, dachte ich eigentlich, du würdest aus dem Geschäft aussteigen. Zumindest habe ich das gehört.«

»Ich habe es versucht. Aber wenn man hört, daß es irgendwo ein Lager voller Fernseher gibt, ist es ganz schön schwer, nicht wieder einzusteigen.«

»Nun, Jackie, du hättest der Versuchung besser widerstanden. Jetzt liegen zwanzig Jahre vor dir.«

»Blödsinn, Weed. Was glauben Sie denn, wen Sie vor sich haben? Ich kriege höchstens drei, und in spätestens achtzehn Monaten bin ich wegen guter Führung wieder draußen.«

»Das glaube ich nicht, Jackie.«

»Ich sage Ihnen was. Warum rufen wir nicht jetzt gleich meinen Anwalt an und sehen, wieviel ich für ein lächerliches Ding bekomme?«

Weed trank seinen Kaffee aus und schenkte sich einen neuen ein. Harmonys Mund war trocken. Er sah zu, wie der Dampf sich über der Tasse kräuselte.

»Wenn du deinen Anwalt anrufst«, sagte Weed, »kannst du ihm gleich sagen, daß ich auf meinem Schreibtisch fünfundsechzig ungelöste Einbrüche liegen habe, und daß mindestens dreißig davon auf dein Konto kommen.«

»Was für ein krummes Ding haben Sie vor, Weed?«

»Ich habe nur gerade einen Einbrecher-Ring auffliegen lassen – einen Ein-Mann-Ring. Wie gefällt dir das, Jackie? Ich habe alles. Ich habe Beweise, die wir in deiner Wohnung gefunden haben, ich habe Augenzeugen, falls ich welche brauchen sollte. Du gehst für mindestens zwanzig Jahre in den Bau. Und du wirst fast achtzig sein, bis du wieder rauskommst.«

»Das können Sie nicht machen, Weed!«

»Was sollte mich davon abhalten?«

Harmony sackte in seinem Stuhl zusammen. Das Büro war kalt, und er spürte die Kälte bis in die Knochen. »Kann ich einen Kaffee haben?«

Weed lächelte. »Ich dachte schon, du würdest nie fragen.«

Als er seinen Kaffee halb getrunken hatte, fragte Harmony: »Was wollen Sie von mir, Weed?«

»Don Copeland.«

»Sie sind verrückt.«

»Er wird langsam lästig.«

»Lästig? Der Mann legt Sie schneller um als Sie auch nur denken können, und Sie sagen, er ist *lästig*!«

»Ich gebe zu, daß er ein bißchen unberechenbar ist.« Weed faltete die Hände über dem Bauch, lehnte sich zurück und lächelte Jackie an, der völlig verblüfft war. Weed schien seine Verblüffung amüsant zu finden. »Aber der springende Punkt ist, daß er jetzt größenwahnsinnig wird. Er tut so, als seien er und seine Brüder eine Art Drei-

Mann-Mafia.«

Weed drückte sich immer so aus, aber seine Augen blitzten, als habe er gerade einen Witz erzählt und als sei Jackie einfach nicht clever genug, die Pointe zu verstehen. Es machte Jackie kribbelig. Wenn er mit Weed zusammen war, war er sich nie ganz sicher, was als nächstes kommen würde.

»Der springende Punkt ist, Jackie«, fuhr Weed fort, »daß ich soweit bin, sie auszuräuchern. Ich lasse in meinen Straßen keinen Waffenhandel zu.«

Jackie schauderte zusammen und trank den Rest seines Kaffees. Weed füllte seine Tasse wieder. »Und du, Jackie, wirst mir dabei helfen.«

»Er wird mich umbringen.«
»Er wird im Bau sein.«
»Seine Brüder werden mich erwischen.«
»Blödsinn. Die werden auch im Bau sein.«
»Und falls es nicht klappt?«
»Spielerrisiko, Jackie. So ist das Leben nun einmal. Ein gewisses Risiko muß man schon auf sich nehmen.«
»Ich mache nicht mit.«

Weed beugte sich vor und legte die Hände auf den Tisch. »Jackie«, sagte er mit einer Stimme, als rede er mit einem begriffsstutzigen Kind. »Du hast zwei Möglichkeiten. Du kannst mir dabei helfen, Copeland zu erwischen, oder du kannst für etwa dreißig Einbrüche in den Bau gehen.«

In Jackies Schläfen pochte der Schmerz. Es war früher Morgen, aber er hatte noch nicht geschlafen. Er hatte keine Zeit zum Schlafen. Er stopfte ein paar Hemden und Hosen und Unterwäsche in seinen Koffer und machte ihn zu. Wenn er hier blieb, war er so oder so ein toter Mann. Wenn Copeland und seine verrückten Brüder ihn nicht kaltmachten, dann brachte Weed ihn für zwanzig Jahre in den Knast. Weed konnte man vieles nachsagen, aber eins war er bestimmt nicht, ein Lügner. Wenn er sagte, daß man in den Knast ging, dann richtete man sich besser auf zwanzig Jahre ohne Weihnachtsbaum ein. Und Jackie war zu alt und zu müde, um sich noch auf zwanzig Jahre einrichten zu können.

Er verließ das Haus durch den Hinterausgang und schlich etwa sechs Block lang durch die schmale Gasse. Dann nahm er ein Taxi

zum Busbahnhof. Als er auf einen Bus in Richtung Norden zuhastete, trat Weed auf ihn zu und begrüßte ihn freundlich.
»Jackie«, sagte er. »Du bist für mich eine Quelle ständiger Enttäuschung.«
Als er schließlich wieder in seinem Zimmer war, konnte er endlich schlafen, aber so gegen neun Uhr abends weckte ihn der gewohnte Schmerz in seiner Schulter. Er versuchte, den Schmerz wegzuduschen, aber vergeblich. Als er den Arm bewegen mußte, um das Hemd anzuziehen, schrie er vor Schmerzen fast auf, und er beschloß, trotz der Kälte auf einen Mantel zu verzichten. Es war einfach lächerlich, daß er sich nachts auf den Straßen herumtreiben mußte, und er spürte, wie der Haß und die Wut wieder in ihm aufflammten. In seinem Alter sollte man die Abende mit einem Bier vor dem Fernseher verbringen und nicht auf der Suche nach einem Verrückten namens Dan Copeland.

Er fand die Copeland-Brüder in Martys Bar. Sie saßen in einer Nische, tranken Whisky und unterhielten sich.
»Mr. Copeland?« sagte er zögernd.
Dan Copeland sah nicht auf. »Wer ist das?«
Sein Bruder Ted sah ihm verblüffend ähnlich, und wenn er nicht eine Brille getragen hätte, hätte man sie nicht auseinanderhalten können. Beide trugen das Haar ganz kurz geschnitten und hatten dünne, dunkle Schnurrbärte.
»Es ist dieser Kriecher Harmony«, sagte Ted. »Du weißt doch – der singende Einbrecher.«
»Ich hasse kriecherische, kleinkalibrige Ganoven«, sagte Don. »Mach, daß er verschwindet.«
»Aber Mr. Copeland! Es ist wichtig.«
»Tommy!«
Der dritte Bruder war fett. Ein Knopf an seinem Hemd fehlte, und die anderen waren bis zum Zerreißen gespannt. »Ja, Don?«
»Bitte den Kriecher, wieder zu gehen. Wenn er Hilfe dabei braucht, hilf ihm.«
Tommy Copeland lächelte, als er Jackies Ärmel packte. Der Schmerz schoß durch Jackies schlimme Schulter, und er ging in die Knie.
»Bitte«, jammerte er.
Tommy Copeland schob ihn gegen einen Tisch. Jackie stürzte und

schlug sich den Ellbogen auf. Er schrie und mußte gegen die Tränen ankämpfen. Ein Mann seines Alters weinte nicht, egal wie weh es tat.

Weed wartete draußen auf ihn. »Bist du jetzt bereit, es auf meine Weise zu machen?«

Jackie rieb sich die schmerzende Schulter.

Tommy Copeland hob den Hörer ab.
»Hallo?«
»Tommy? Ich bin's. Jackie Harmony.«
»Tatsächlich? Komm doch vorbei. Ich schlage dich dann ein bißchen zusammen.«
»Hören Sie, Tommy. Es ist wichtig.«
»Nicht, wenn du etwas damit zu tun hast.«
»Tommy, ich habe etwas, das Ihren Bruder ganz bestimmt interessiert«, sagte er schnell. »Es ist eine große Sache. Viel zu groß für mich.«
»Für einen Kriecher wie dich ist doch alles zu groß.«
»Ihr Bruder wird bestimmt von dieser Sache wissen wollen, Tommy. Es ist wichtig, und ich brauche Hilfe dabei.«
»Was hast du denn?«
»Kann ich mit Don reden?«
»Du kannst von Glück reden, daß du mit mir reden kannst. Und jetzt spuck schon aus, was du hast.«

Jackie atmete tief ein. Seine Hände zitterten. »Sechs Kisten mit brandneuen Handfeuerwaffen. Dreihundertsiebenundfünfziger Magnums.«

Tommy pfiff anerkennend. »Woher hast du sie?«
»Ich habe ein Lagerhaus in Philly geknackt. Ich dachte, es wären Fernseher. Sie waren in Fernseherverpackungen.«
»Bleib wo du bist. Wir setzen uns mit dir in Verbindung.«
»Gut. meine Nummer ist . . .«
»Ich kenne deine Nummer«, unterbrach Tommy. »Ich kenne die Nummern von allen Leuten.« Er hängte ein. Jackie hielt den Hörer noch einen Augenblick in der Hand und seufzte.

»Gute Arbeit«, sagte Weed. »Und jetzt machen wir deinen Bus fertig.«
»Was wollen Sie damit machen?«
»Anzapfen. Wir nehmen jedes Wort von ihm auf Band auf. Und

wir praktizieren einen Piepser unter die Stoßstange. Bleib ganz ruhig, Jackie. Wir werden die ganze Zeit über bei dir sein.«

Jackie führte Weed zur Tür und ging dann zurück zum Kühlschrank. Er goß Orangensaft in ein Glas und füllte mit einem guten Schuß Wodka auf. Es schmeckte gut. Weed hatte recht. Er hätte sich aus dem Geschäft zurückziehen sollen. Als er sich den nächsten Drink einschenkte, beschloß er, daß er nie wieder ein krummes Ding drehen würde, falls er diese Sache lebend überstehen sollte.

Er war bei seinem vierten Drink angelangt, als das Telefon klingelte.

»Wir treffen uns um Mitternacht«, sagte Tommy Copeland. »In Martys Bar.«

»Was? Ich kann die Knarren nicht dorthin bringen.«

»Sei nicht blöd. Wir treffen uns bei Marty und sehen uns anschließend die Ware an.«

»Oh, natürlich.«

»Und sei pünktlich«, sagte Tommy, als er aufhängte.

Um halb neun Uhr – Jackie sah sich gerade eine Wiederholung von Detektiv Rockford an – klopfte es an der Tür. Als er öffnete, hielt Tommy Copeland ihm eine Pistole unter die Nase.

»Aus dem Weg.«

Er hob die Hände und trat zur Seite. Die Copeland-Brüder betraten sein Zimmer. Don hielt die Hände in den Taschen und rümpfte die Nase, als sei der Geruch des Zimmers zu viel für ihn.

»Ich bin sehr von dir enttäuscht, Harmony«, sagte Don.

»Was? Was meinen Sie damit?«

Don schüttelte langsam den Kopf. »Sind wir nicht alle in der gleichen Straße großgeworden? Sind wir nicht alle von gleicher Herkunft? Fast wie Brüder?«

»Sicher.«

»Und doch versuchst du, mich an Weed zu verkaufen. Du müßtest es doch eigentlich besser wissen, Harmony.«

Jackies Beine versagten ihm den Dienst. »Scheiße«, sagte er. »Ihr habt jemanden bei der Polizei.«

Don wandte sich an Tommy. »Ich dachte, du hättest gesagt, er sei dumm? Er ist überhaupt nicht dumm. Das hat er doch sehr schnell zusammenbekommen.«

»Wenn er es zusammenbekommen hätte, bevor er sich auf den

Handel mit Weed einließ, wäre er jetzt nicht in dieser Klemme.«
»Ich habe nicht gesagt, daß er besonders schnell ist. Ich habe nur gesagt, daß er nicht dumm ist.«
»Don«, sagte Jackie. »Ich wollte es nicht machen. Weed wollte mich für zwanzig Jahre in den Knast bringen. Ich wollte es nicht machen, aber ich hatte keine andere Wahl. Ich will mit all dem nichts mehr zu tun haben. Für mich war es ein letztes Ding. Ich gebe auf, ich ziehe mich zurück.«
»Ein letztes Ding?«
»Ja, ich habe genug vom Geschäft. Ich werde euch nie mehr im Weg sein.«
»Jackie?«
»Ja?«
»Ich werde für dich eine Abschiedsparty veranstalten, wie du sie dir nicht schöner vorstellen kannst.«
»Don, bitte!«
»Sobald wir die Knarren haben, bekommst du eine Abschiedsparty, die du nie vergessen wirst.«
»Aber es ist eine Falle – das wissen Sie doch.«
»Ich weiß auch, daß Weed als Köder sechs Kisten mit Waffen aufgestellt hat. Wir werden sie uns holen. Und du und dein Bus werden einfach verschwinden. Es wird aussehen, als hättest du versucht, abzuhauen. Du wirst einen Unfall haben. Einen sehr schlimmen Unfall. So wird es zumindest aussehen.«
»Weed wird wissen, was passiert ist.«
»Natürlich – er ist schließlich auch nicht dumm. Aber was kann er schon machen? Was meinst du, Jackie? Würde dir ein Feuerwerk für deine Abschiedsparty gefallen?«
»Hören Sie, Don . . .«
»Wo ist der Bus jetzt?«
»In der Gasse hinter dem Haus.«
»Dann gehen wir.«
Jackie wollte etwas sagen, aber Tommy lächelte und hielt die Pistole an seine Schläfe. Als sie die Gasse erreichten, mußte Jackie sich zusammenreißen, um nicht loszuschreien. Jeder Passant mußte annehmen, daß sie einfach vier Männer auf dem Weg in die nächste Bar waren. Das Gewöhnliche an der ganzen Situation ließ ihm einen eisigen Schauder über den Rücken laufen. Es müßte doch etwas Außergewöhnliches, etwas Einmaliges um einen Mann sein, der in

den Tod ging. Es dürfte eigentlich nicht aussehen, als mache er nur einen Spaziergang.

Er stolperte. Tommy Copeland packte ihn bei der schlimmen Schulter, um ihn vor dem Sturz zu bewahren. Ein glühender Schmerz schoß durch seine Schulter.

»Immer langsam«, lachte Tommy. »Wir wollen doch nicht, daß du dir weh tust.«

Als sie den Bus erreichten, sagte Don: »Gib Ted die Schlüssel.«

Jackie gab sie ihm. Ted schloß die Ladetür auf und öffnete sie. Säuberlich aufgestapelte Fernseherverpackungen füllten die Ladefläche.

Copeland gab seinen Brüdern Anweisungen. »Ted, such den Piepser. Tommy, du suchst das Mikrophon. Und dann verschwinden wir, bevor Weed auftaucht.«

»Ich bin schon hier, Copeland.« Weed trat hinter einer Reihe Mülltonnen hervor.

Tommy schoß auf Weed, und als Jackie sich auf den Boden warf, sah er noch, wie auch Weed sich fallenließ und fortrollte. Schüsse knallten aus allen Richtungen, als Jackie sich unter den Bus schob und sich dabei die schmerzende Schulter am Rad anstieß. Er sah rennende Füße und hörte das Dröhnen der Schüsse. Ein Körper fiel neben ihn, und er sah in die leeren Augen Don Copelands. Er schrie.

Als er merkte, daß nur noch sein eigenes Schreien zu hören war, verstummte er und versuchte, sich zu beruhigen. Jemand zerrte Don Copelands Leiche weg, und er kroch unter dem Bus hervor.

Weed leitete die Aufräumaktion. Dann wandte er sich an Jackie und sagte: »Es ist alles vorbei. Wir haben sie.«

»Sie wußten, daß sie früher kommen würden?«

»Ich dachte mir, daß er sich denken würde, daß es eine Falle ist. Aber er ist gierig. Ich wußte, daß er die Waffen auf jeden Fall in die Finger bekommen wollte.«

»Er hat einen Mann bei der Polizei.«

»Wir finden ihn. Tommy wird überglücklich sein, uns seinen Namen nennen zu können, nicht wahr, Tommy?«

Jackies Beine versagten schon wieder den Dienst, und er mußte sich Halt suchend an den Bus lehnen. Er hatte angenommen, daß

Tommy auch erschossen worden war. Er sah zu einem der Streifenwagen hin und sah Tommy auf dem Rücksitz.

»Du bist ein toter Mann, Harmony!« rief Tommy. »Du wirst nicht mehr lange leben.«

»Er meint es ernst, Weed. *Sie* haben mich auf dem Gewissen.«

»Was redest du da? Es ist vorbei. Zwei von ihnen sind tot, und Tommy ist bei uns sicher aufgehoben. Es ist vorbei.«

»Wegen dir sind meine Brüder umgebracht worden! Dafür wirst du sterben!« Tommy hämmerte mit den Fäusten gegen die geschlossene Autotür.

»Halt den Mund, Copeland!« brüllte Weed. Er packte einen uniformierten Polizisten am Arm und sagte: »Schafft ihn von hier weg.«

»Ist es dir egal, Harmony? Macht es dir nichts aus, daß du so gut wie tot bist?« Als der Streifenwagen sich in Bewegung setzte, schrie Tommy Copeland noch einmal: »Sobald ich an ein Telefon komme, bist du ein toter Mann!«

»Weed . . .«, fing Jackie an.

»Du kannst die Stadt verlassen«, schlug Weed vor.

Jackies Schulter schmerzte so stark, daß seine ganze rechte Seite steif und wie gelähmt war. Er rieb sich die Schulter und sah zu, wie der Fahrer die Tür des Krankenwagens zuschlug und den Motor anließ. Das rote Licht warf unheimliche Schatten auf Weeds Gesicht.

»Es ist Ihnen völlig egal, nicht wahr?« sagte Jackie bitter. »Sie haben bekommen, was Sie wollten, und es ist Ihnen völlig egal, daß ich dabei draufgehen werde.«

»Ich bin müde, Jackie«, sagte Weed. »Laß mich in Ruhe.«

Ein uniformierter Polizist trat zu Weed und sagte: »Wir fahren jetzt los.«

»Gut. Bis später, Jackie.«

»Es ist Ihnen völlig egal, Weed!«

Weed stieg in den Streifenwagen und schlug die Tür zu. Durch das Fenster sah er Harmony an und sagte: »Ich sage dir was, Jackie. Wenn du das Gefühl hast, daß die Straßen dir nicht sicher genug sind, kannst du immer noch für zwanzig Jahre in den Knast gehen. Du hast die Wahl.« Der Wagen fuhr los.

Es war jetzt kalt und Jackie Harmony stöhnte, als er den Kragen seines Mantels hochschlug. Die Bewegung ließ den Schmerz in seiner Schulter neu aufleben. Er fühlte sich einsamer als je zuvor. Er fühlte sich auch sehr alt.

Und er war sich ganz sicher, daß er nicht viel älter werden würde.

Originaltitel: RETIREMENT JOB. 6/81

Ernest Savage

Schlimmer als ein gefallener Engel

Im Ausstellungsraum gab es nicht ein einziges Auto unter zwanzigtausend Dollar. Ich kam mir so fehl am Platz vor wie ein Penner auf einem Debütantinnenball.
Aber ich war nicht hier, um zu kaufen.
Ich war neunzehn Jahre lang bei der Polizei in San Francisco gewesen und arbeite jetzt als Privatdetektiv, seit ich 1975 wegen des Polizeistreiks kündigte, aus Prinzip. Ich bin der Meinung, daß Polizisten, Ärzte, Feuerwehrleute und Müllmänner nicht das Recht haben zu streiken – was auch eigentlich im Gesetz so festgehalten ist, aber immer wieder ignoriert wird. In einem Vierteljahrhundert nimmt man jedoch die Tönung seines Berufs an. Man ist umgeben von einer gewissen Aura. Die Leute denken »Bulle«, sobald man durch die Tür kommt. Es ist ganz nützlich. Ich werde nur höchst selten nach meiner Dienstmarke gefragt. Normalerweise fange ich einfach an, Fragen zu stellen.
Ein Notizbuch ist ebenfalls wichtig. Man klappt es auf, sieht die Leute ernst an und fragt wie in diesem Fall: »Mr. Marsh – David Marsh – zahlte also in bar?«
»Ja, Sir«, antwortete der elegante Verkäufer respektvoll. »In Hundertdollarscheinen. Es war mehr Bargeld, als ich normalerweise zu sehen bekomme. Sechsundzwanzigtausend Dollar.« Seine Augen leuchteten bei der Erinnerung auf.
»Das war vor einem Monat?«
»Ja, Sir.«
Ich dankte ihm und ging hinaus, überquerte die Straße und stieg in meinen alten Dodge, den ich an der Ecke geparkt hatte.

Früher an diesem Morgen hatte Mrs. Iris Marsh, Davids Frau, mich angerufen und gesagt, daß ihr Mann seit Montag verschwunden sei, also seit vier Tagen. Sie sagte, sie hätte mich einmal auf einer Party kennengelernt, daß ich mich jedoch bestimmt nicht daran erinnern würde – was stimmte. Aber ich würde mich sicher an ihren Mann erinnern, was auch stimmte. Vor zehn oder zwölf Jahren hatten wir in der gleichen Schicht im Bahnhofsgelände gearbeitet.
»Er hat Sie immer bewundert, Mr. Train. Deshalb rufe ich Sie

auch an.«

»Ich weiß nicht, ob das eine Hilfe ist, Mrs. Marsh.«

»Aber Sie waren beide bei der Polizei«, sagte sie, als seien wir dadurch sehr ähnliche Wesen, wie Wölfe zum Beispiel, mit gemeinsamen Instinkten, Gewohnheiten und Zielsetzungen. Was natürlich stimmen konnte. Ich sagte, ich käme gleich bei ihr vorbei.

Sie wohnte in einem Bungalow im Distrikt Richmond. Der Bungalow hatte einen neuen Anstrich nötig, die Dachpappe fing an, sich an den Kanten zu wellen, und das Vorderfenster hatte einen großen Riß.

Aber drinnen, im Wohnzimmer, lag ein vier auf fünf Meter großer Perserteppich, der dem verstorbenen Schah alle Ehre gemacht hätte. Er war herrlich. Ein Anblick, bei dem einem der Atem stockte. Ich starrte sprachlos mehrere Augenblicke darauf hinab. Sie beantwortete meine unausgesprochene Frage.

»Wir haben kein Sparkonto«, sagte sie. »Dave ist der Meinung, daß Dinge wertvoller sind als Geld.«

An der gegenüberliegenden Wand stand ein handgeschnitzter Bibliothekstisch aus Nußbaumholz, drei Meter lang, viel zu groß für das Zimmer, ein Prunkstück menschlicher Handwerkskunst im Wert von mindestens fünftausend Dollar. Darauf stand eine original Tiffanylampe, darüber hing ein großes Aquarell von Millard Sheets. In meiner Wohnung habe ich zwei Don Kingmans und drei Jake Lees, alle wunderschön und wertvoll, aber ich hätte alle zusammen gegen den Sheets eingetauscht. Eigentlich hätte man erwartet, daß vor dem Eingang zum Wohnzimmer eine rote Samtkordel den Weg versperrte. Wir betraten es dann auch nicht. Sie führte mich in die Küche, und ich setzte mich an den mit Kunststoff beschichteten Tisch. Sie holte Pfannkuchen und schenkte Kaffee ein, wobei ihre Hand ein bißchen zitterte.

»Wohin wollte er, als er letzten Montag wegging?« fragte ich.

»Ich weiß es nicht. Er hat es mir nicht gesagt.«

»Mit welchem Auto fuhr er weg?«

»Mit dem neuen – einem Porsche.«

»Haben Sie ihn als vermißt gemeldet?«

»Nur Ihnen. Er ist Polizist, Mr. Train. Oder besser gesagt, er war es. Wissen Sie, ihn als vermißt melden, das wäre fast so, als rufe man die Polizei, weil jemand einem in der Nachbarschaft als verdächtig aufgefallen ist. So etwas – nun ja – erledigt man normalerweise lieber selbst. Verstehen Sie, was ich meine?«

»So ungefähr. Aber ich kaufe es Ihnen nicht ab, Mrs. Marsh. Die Polizei hat viel mehr Möglichkeiten als ich. Sie müssen noch einen anderen Grund dafür haben, daß Sie sie nicht einschalten wollen.«

»Nein, eigentlich nicht.« Sie war Ende Dreißig oder Anfang Vierzig, eine große, gutaussehende Frau mit angenehmer Figur. Ihre weit auseinanderliegenden Augen waren blau und offen und besorgt. »Er würde es nicht wollen. Es ist eine Frage des Stolzes, Mr. Train.«

»Seines Stolzes, nicht Ihres.«

Ihre Augen senkten sich. »Und außerdem hat er erst vor sechs Wochen bei der Polizei aufgehört, nach zwanzig Jahren. Die ganze Zeit über hat er derartige Dinge für andere Leute erledigt.«

»Also, wohin könnte er denn gegangen sein? Jagt er oder geht er zum Angeln?«

»Nein, sein Hobby ist segeln. Er wäre zuerst zu meinem Bruder gegangen, aber das tat er nicht. Ich habe gefragt.«

Da fiel mir noch etwas ein. »Ihr Bruder ist auch Polizist, nicht wahr? Die beiden arbeiteten zusammen. Der Name fällt mir jetzt leider nicht ein.«

»Herndon – Jim. Ja, sie waren fast die ganze Zeit über Partner. Sie haben auch zusammen aufgehört.«

»Damon und Pythias?«

»Nein, aber sehr gute Freunde.«

»Wo lebt Jim?« Ich zückte das allgegenwärtige Notizbuch.

»Auf seinem Boot. Auf ihrem Boot. O Gott, auf *unserem* Boot. Es gehört uns zusammen. Die Jungs haben es gebaut, Dave und Jim.«

»Wo liegt es?«

»Im China Basin.«

»Wo genau?«

Sie beschrieb mir den komplizierten Weg, und ich schrieb ihn mir sorgfältig auf. Es war eine private Anlegestelle im Hafen, sagte sie, ziemlich schwer zu finden.

Ich sah sie einen Augenblick lang an. Sie war sehr zurückhaltend, überlegte sich ihre Antworten genau. Ihre Augen senkten sich wieder, nicht aus Verlegenheit, sondern aus Wachsamkeit.

»Wo haben sie das Boot gebaut?« fragte ich. »Ihr Hof hier ist nicht groß genug dafür.«

»Bei Jim. Sein Hof *war* groß genug, Mr. Train. Er und Stella sind inzwischen geschieden. Das Haus gehört ihr, es war ihr Elternhaus.«
»Wo?«
Sie sagte es mir, und ich schrieb mir auch das auf. In der Küstengegend.

Sie hatte nur einen Bissen von ihrem Pfannkuchen genommen und den Rest zur Seite geschoben. Jetzt zog sie eine Zigarette aus dem Päckchen in der Tasche ihrer Bluse und zündete sie an. Sie war eine besorgte Frau – und das war wohl nur natürlich. Vier Tage ist eine lange Zeit. Sie hätte die Polizei am Dienstag benachrichtigen sollen, sagte ich. »Das erste, was ich in so einer Situation tun würde, wäre, alte Freunde in der Abteilung anzurufen.«

»Wozu?« fragte sie.

»Damit sie sich nach dem Porsche umsehen.« Ich hätte hinzufügen können, tat es aber nicht: Und nach herumliegenden Leichen. »Wie ist die Zulassungsnummer des Porsche?« fragte ich statt dessen.

Sie nannte sie mir.

»Welche Farbe? Wo hat er ihn gekauft?«

Sie sagte es mir, und dann fragte ich sie, ob sie und David Probleme miteinander hätten. Sie verneinte, aber nicht sehr überzeugend. Sie hatten vorgehabt, nächsten Monat nach Bonn zu fahren, um ihren Sohn zu besuchen, der dort in der Botschaft arbeitete. »Wir haben Glück«, sagte sie schließlich, das Kinn hoch erhoben. »Wir waren immer ineinander verliebt.«

Ich mochte sie. Ich sagte: »Jetzt weiß ich auch, wo wir uns kennengelernt haben. Es war auf einer Party bei Captain Emery. Es ist schon sehr lange her.«

Sie lächelte. »Ja. Es ist schön, wenn jemand sich noch an einen erinnern kann.«

Ich stand auf und sagte, ich würde mich mit ihr in Verbindung setzen, sobald ich etwas zu berichten hätte. Sie brachte mich zur Tür, sah mir nach und winkte zum Abschied. Ich bemühte mich, nicht an sie als an eine Witwe zu denken.

Nach dem Essen fuhr ich zuerst zu dem Porschehändler, bei dem David das Auto gekauft hatte. Sechsundzwanzigtausend Dollar ist eine Menge Geld für einen ehemaligen Polizisten. Noch dazu in bar!

Stella Herndon lebte in einem sehr alten Haus, das über die Dächer anderer Häuser hinweg einen herrlichen Blick über die

Bucht von San Francisco bot. Sie war eine schlanke Vierzigjährige, mit dunklen Augen und dunklem Haar, etwas nervös und hektisch. Ich sagte ihr, wer ich war und was ich wollte, und sie ließ mich ein.

»Das wußte ich nicht«, sagte sie. »Iris hat mir nicht gesagt, daß David verschwunden ist.«

»Hat Jim es Ihnen auch nicht gesagt?«

»Nein.« Sie schloß die Tür hinter mir und führte mich durch das Haus in die Küche. Sie war beim Bügeln. Das Bügeleisen stand hochkant auf dem Brett, ein Mädchenkleid lag halbfertig da. »Nein«, wiederholte sie und machte sich an die Arbeit. »Jim und ich haben seit der Scheidung keine zehn Worte mehr miteinander geredet.« In dieser Bemerkung lag kein Vorwurf, es war einfach eine Feststellung. »Wahrscheinlich wissen Sie, daß wir geschieden sind.«

Ich nickte. »David ist seit Montag verschwunden. Iris konnte mir nur einen Hinweis geben – Ihren Mann und das Boot.«

»Und warum kommen Sie dann hierher?«

»Ich bin auf dem Weg zum Boot. Ich dachte, ich schaue mal kurz bei Ihnen vorbei, falls Sie noch etwas wissen sollten.«

Sie schüttelte den Kopf.

»Wann hatten die beiden das Boot fertig?« Ich sah aus dem Küchenfenster in den Hof. Es lagen immer noch Überreste von den Bauarbeiten herum und verrotteten. Ich habe noch nie verstanden, was Leute daran finden, in ihrem Hof ein Boot zu bauen, oder in Flaschen.

»Vor zweieinhalb Jahren. Sie ließen es von einem Hubschrauber heraufziehen und in der Bucht wieder absetzen.«

»Wie groß ist es?«

»Zehn Meter an der Wasserlinie, oder so ähnlich. Ein Zweimaster, wie sie sagen.«

»Das muß ja ein eindrucksvoller Anblick gewesen sein.«

»Keine Ahnung. Ich war nicht im Haus.«

Die Küche war groß und altmodisch. Auf dem Weg von der Vordertür hierher war mir an den Möbeln nichts Außergewöhnliches aufgefallen. Der Kühlschrank an der Wand war mindestens zwanzig Jahre alt. Aber damals wurde schließlich noch ganz anders gearbeitet als heute.

»Zahlt Jim Ihnen Unterhalt?«

Sie sah auf.

»Was hat das denn damit zu tun?«

»Er zahlt also nicht?«
»Wenn Sie ihn sehen – falls Sie ihn sehen, er ist sehr schwer zu fassen –, dann sagen Sie ihm, daß er sechs Monate im Rückstand ist. Aber das weiß er sowieso.«
»Wie viele Kinder haben Sie, Mrs. Herndon.«
»Zwei Mädchen.«
»Unterhalt für die Kinder?«
»Sechs Monate im Rückstand.« Das Bügeleisen tat dem Kleid einen Augenblick Gewalt an. Eine Rüsche wurde völlig plattgepreßt.

Ich sagte: »Ich kann mir so ungefähr denken, wie hoch seine Pension ist. Ein paar hundert Dollar. Davon können keine zwei Haushalte leben.«
»Das Haus hier gehört mir, Mr. Train. Es gehört mir. Ich wurde hier geboren. Außerdem habe ich ein kleines Einkommen.« Sie lächelte trocken, das Bügeleisen fuhr in seinem Angriff auf das Kleid fort. »Das Einkommen ist verläßlicher als Jim. Aber der zweite Haushalt ist in diesem Fall das Boot. Er lebt auf dem Boot. Und er zahlt weder Miete für den Anlegeplatz noch sonst etwas.«
»Aha«, sagte ich. Sie grinste mich an. Ihre dunklen Augen waren voll Spott.
»Sind Sie Detektiv oder nur neugierig?«
»Beides, würde ich sagen.«
»Nun, wenn Sie schon Detektiv spielen, dann finden Sie doch heraus, was vor etwa drei Jahren mit Jim passiert ist, was ihn von einem netten Mann in einen Dreckskerl verwandelt hat.«
»Jetzt muß ich aber wirklich ›aha‹ sagen. Und was glauben Sie, was es war?«
»Ich weiß es nicht. Er hat nie darüber gesprochen, aber es muß etwas mit der Arbeit zu tun gehabt haben. Eines Tages brachte er es von der Arbeit mit nach Hause. Es war, als hätte er eine neue Frau gefunden – seine wahre Liebe.«
»Hatte er?«
»Nein, das war es nicht. Das hätte ich gemerkt. Aber es war etwas ähnlich Mächtiges.«
»Hatte es etwas mit Dave zu tun?«
»Nein, das glaube ich nicht. Sie blieben weiterhin Partner, und Iris hat mir gesagt, daß sie den Dienst am selben Tag quittiert haben. Und bei jeder Gelegenheit segeln sie zusammen auf diesem ver-

dammten Boot. Nein, es war etwas anderes.«
»Vor drei Jahren?«
»So ungefähr.«
»Können Sie genauer sein? Wissen Sie nicht mehr, an welchem Tag es war?«
Sie nahm das fertige Kleid, streifte es über einen Bügel und hängte es an einen Haken. Es war ein handgeschmiedeter Eisenhaken. Das ganze Haus war wahrscheinlich ein Schatzkästchen alter Handwerksarbeit.
Sie machte sich einen Augenblick lang daran zu schaffen, dann sagte sie: »Dezember. Um Weihnachten herum. Es machte mir Sorgen. Es verdarb mir die Festtagsstimmung. Dreieinhalb Jahre, Mr. Train. Mein Gott, wie die Zeit vergeht, wenn man glücklich ist.«
»Hat er jemanden getötet? Ich meine im Dienst?«
»Nein. Die zwei oder drei Male, an denen das passierte, machte es ihm absolut nichts aus. Es war jedesmal – wie heißt das noch mal?«
»Gerechtfertigtes Töten?«
»Genau. Meine Güte, was für ein göttlicher Ausdruck. Bürokratie ist manchmal wirklich fast wie Kirche, nicht wahr?«
»Manchmal. Haben Sie seinen Beruf verabscheut?«
»Nein, ich habe nur verabscheut, was aus ihm wurde – was immer es auch war. Ich habe nur mein Weihnachtsgeschenk verabscheut, vor dreieinhalb Jahren, Mr. Train. Es war die Scheidung.«

Die Wohnung ihres Mannes war nicht da. Ich fand nur ein leeres Dock vor einem verwitterten Lagerhaus, das im nachlassenden Licht des Tages verloren und verlassen aussah. Die Sonne war schon lange hinter den üppigen, goldenen Hügeln der Halbinsel untergegangen und hatte mich und vieles andere im Zwielicht zurückgelassen. Auf dem Wasser schimmerten Öllachen in allen Farben. Es war sehr ruhig.
Ein rostiges Gleis lief an der Vorderseite des Lagerhauses entlang. Es war schon seit Jahren nicht mehr benutzt worden. Das Dock fing da an, wo die Schienen aufhörten, und führte weiter in den Kanal. Auf der gegenüberliegenden Seite des Kanals stand ein großes Gebäude aus Eisenbeton und sah in der beginnenden Dämmerung gespenstisch und drohend aus. Die Arbeit im Hafen war für den Tag vorbei. Hier und da brannten schon Lampen. Ein sechs oder sieben Jahre alter blauer Pinto stand auf den Schienen geparkt, dicht an der

Wand des Lagerhauses. Abfall, alte Balken, rostige Metallteile, Papier, Kartons und Bierbüchsen lagen überall herum. In der Luft lag ein ranziger Geruch.

An der Landseite des Lagerhauses befand sich eine Tür mit einem kleinen Fenster daneben. In schwarzen Buchstaben stand BÜRO darüber geschrieben. Ein Mann trat aus der Tür und kam auf mich zu. Er war groß und kräftig, und schon von weitem merkte man ihm an, daß er ein Aufpasser war, ein Wachhund. Graues Haar quoll unter einer schmuddeligen Schirmmütze hervor. Er hatte eine Zigarre im Mundwinkel, eine von der Sorte, die man kaut, nicht etwa raucht. Als er noch mehrere Meter von mir entfernt war, fragte er: »Suchen Sie jemand Bestimmten, Mann?« Seine Aura war stärker als meine. Sonst werde ich nur selten »Mann« genannt.

»Ja«, sagte ich ruhig. »Einen weißen Porsche mit blauen Seitenstreifen.« Ich nannte ihm die Zulassungsnummer. »Haben Sie ihn vor kurzem hier gesehen?«

»Ich bin nicht immer hier«, sagte er. Ich schätzte seine Zurückhaltung auf zehn Dollar ein, zog meine Brieftasche und fischte zehn Dollar heraus, die ich um meinen Zeigefinger rollte. »Wann vor kurzem?« fragte er und heftete die Augen auf den Geldschein.

»Sagen wir am Montag. Nachmittags wahrscheinlich. Vielleicht blieb das Auto auch über Nacht.

»Mal überlegen. Heute haben wir Freitag, nicht wahr?« Ich hielt ihm den Zehner hin. Er nahm ihn und runzelte die Stirn. Ich zog einen weiteren Zehner hervor, hielt ihn aber abwartend in der Hand. »Montag, sagen Sie? Nun, ja, da war, glaube ich, ein weißes Auto hier, über Nacht. Es stand gleich am Lagerhaus. Aber was für eine Marke es war, kann ich Ihnen wirklich nicht sagen.« Seine Augen ließen den Zehner in meiner Hand nicht los.

»Wann«, sagte ich, »kommt Herndon zurück?«

Seine Augen verrieten nichts. »Meine Güte, woher soll ich das wissen? Er kommt und geht, wann immer er will, und er sagt niemandem etwas.«

»Er hat das weiße Auto weggefahren, nicht wahr? Sagen wir am Dienstagmorgen?«

»Das kann ich Ihnen nicht sagen, Mister.«

»Können Sie nicht, oder wollen Sie nicht? Oder haben Sie Angst?«

Seine Augen hielten meine fest und bewiesen mir, daß Geld nicht alles ist.

»Nichts auf dieser gottverdammten Welt«, sagte er, »kann mir Angst machen. Ich sagte, daß ich es Ihnen nicht sagen kann, weil ich dienstags nicht arbeite. Am Mittwochmorgen war das Auto weg.«

Ich hielt ihm den Zehner hin, und er zögerte stolze fünf Sekunden, bevor er ihn nahm und in sein Büro zurückging.

Sergeant Bill Brady ist mein letzter Freund und Kontaktmann bei der Polizei von San Francisco. Bill hat die Idee – nicht mehr wirklich die Hoffnung –, daß wir beide Partner werden, wenn er den Dienst quittiert, daß wir ein modernes, computerisiertes Büro eröffnen, mit zahlreichen Angestellten, und natürlich mit Millionengewinnen. Diese Vorstellung oder besser gesagt dieser Wunsch von einst ist inzwischen nur noch ein schöner Traum. Aber wenn ich ihn darum bitte, etwas herauszufinden, das nur ein Polizeibeamter im Dienst herausfinden kann, sagt er nur selten nein.

An diesem Abend gab ich ihm eine Aufgabe, wie jeder sie verabscheuen würde – langweiliges Durchwühlen alter Akten.

»Den ganzen Dezember«, sagte ich. »Die täglichen Streifenberichte der beiden. Alles, was irgendwie ungewöhnlich ist.«

»Wie zum Beispiel was?« Im Hintergrund konnte ich den Fernseher hören. Er war zu Hause und genoß seinen Feierabend.

»Ich weiß es nicht, Bill. Vertrau auf deinen Instinkt. Ein Bericht, der fingiert aussieht oder unvollständig. Such nach irgend etwas, bei dem Geld im Spiel sein könnte.«

»Was für Geld?«

»Ich weiß nicht – großes Geld. Nichts in der Größenordnung eines Überfalls oder eines Einbruchs.«

»Rauschgift vielleicht?«

»Vielleicht – vielleicht sogar wahrscheinlich. Alles, wo eventuell eine große Menge Geld im Spiel war, die sie sich unter den Nagel reißen konnten.«

Bill wehrte sich dagegen. »Es waren gute Polizisten, Sam. Sie haben auch mal mit mir zusammengearbeitet.«

»Mit mir auch. Ist schon Jahre her. Aber du kennst doch die Arbeit. Jeder kann umkippen, wenn die richtige Versuchung kommt.«

»Du wärst nicht umgekippt, Sam. Und ich auch nicht.«

Ich grinste das Telefon an und dachte an bestimmte knifflige Zeiten in meiner Laufbahn, an gewisse moralische Kreuzungen ohne klare Richtungsangaben. Ein Polizist hat oft mit Geld zu tun – gewöhnlich nur mit kleinen Summen, aber machmal können sie auch ehrfurchterregend sein. Und immer sind sie, wenn auch nur für den Bruchteil einer Sekunde, verlockend. Wir sind eben alle Kinder Adams, und wer weiß schon, ob er jeder Versuchung widerstehen kann. »Aber *sie* sind es vielleicht«, sagte ich freundlich ins Telefon. »Und ich glaube sogar, daß sie es tatsächlich sind. Und, Bill, erkundige dich auch einmal nach einem neuen Porsche, weiß mit blauen Streifen, Zulassungsnummer NRY 642. Und nach einer männlichen Leiche, die sich als Dave Marsh herausstellen könnte. Eventuell aus der Bucht gefischt.«

»Du glaubst, daß er tot ist?«

»Laß es mich so ausdrücken – ich glaube nicht, daß er noch am Leben ist. Ich rufe dich morgen an.«

Es war fast neun Uhr, als ich aufhängte, und ich überlegte mir, ob ich Iris Marsh anrufen oder lieber hinfahren sollte. Ich entschied mich fürs Hinfahren.

Sie hatte einen Drink in der Hand, als sie mir die Tür öffnete, und es war nicht der erste des Abends. Sie sagte spontan: »Sam«, dann fing sie sich wieder und fügte hinzu: »Kommen Sie herein, Mr. Train.« Mir war der Mr. Train lieber. Sie war attraktiv. Sie war durcheinander. Sie roch den Tod, die Witwenschaft. Es lag in ihren Augen. Ich wollte eine gewisse Formalität zwischen uns aufrecht erhalten.

Sie hatte in einem kleinen Zimmer hinter dem Wohnzimmer ferngesehen, und so durfte ich über den Kurdistani, oder was auch immer es war, gehen. Ich achtete sorgfältig auf meine Füße und genoß jeden Schritt. Ich konnte auch wieder einen Blick auf den Millard Sheets werfen. Diese Schönheiten waren Hinweise, und ich würde ihnen nachgehen. Sie drehte den Fernseher ab und bot mir einen Drink an, den ich annahm. Sie hatte Angst davor, mich zu fragen, was ich herausgefunden hatte, und der Alkohol sollte diese Angst erträglicher machen. Sie schwankte ein bißchen auf den wohlgeformten Beinen, als sie aus der Küche zurückkam.

»Ich möchte, daß Sie sich an etwas erinnern«, sagte ich. »Ich möchte, daß Sie an den Dezember 1978 zurückdenken. Damals ist bei der Arbeit Ihrem Mann und Ihrem Bruder etwas passiert.«

Sie reichte mir mein Glas und setzte sich mir gegenüber. »Bei der Arbeit ist jeden Tag etwas passiert, Mr. Train. So ist die Arbeit bei der Polizei nun einmal.«

»Weichen Sie mir nicht aus. Sie wissen genau, was ich meine.«

Sie zuckte die Schultern.

»Er hat mir den Millard Sheets zu Weihnachten geschenkt. Das ist alles, was passiert ist. Es war das schönste Geschenk, das ich je bekommen habe.«

»Es war auch eine Investition, nicht wahr? Anstelle eines Bankkontos.«

»Ja, das hat er mir damals gesagt. Und das Bild ist heute bedeutend mehr wert als damals. Genau wie all die anderen Dinge in der Wohnung.«

»Wann hat er diese Sachen gekauft? Den Teppich zum Beispiel?«

»Letztes Jahr.«

»Für wieviel?«

»Das möchte ich lieber nicht sagen.«

»Sie möchten lieber nicht daran denken, nicht wahr? Wissen Sie, wieviel er letzten Monat für den Porsche bezahlt hat? In bar?«

»Nein.«

»Und Sie wollen es auch nicht wissen, nicht wahr? Denken Sie zurück, Mrs. Marsh. Was ist letzten Dezember passiert, das ihn so reich gemacht hat?«

Tränen stiegen ihr in die Augen. Sie stellte ihr Glas ab. »Ich weiß es nicht.«

»Wie kommt es, Mrs. Marsh, daß Ihr Bruder den Unterhalt für die Kinder nicht bezahlen kann, während Ihr Mann ein Vermögen für ein Auto ausgibt?«

»Ich weiß es nicht.«

»Wie kommt es, daß Ihre frühere Schwägerin mir sagt, daß ihr Mann sich um diese Zeit herum radikal verändert hat, daß er ein völlig anderer Mensch wurde? Was ist mit Ihrem Bruder los, Mrs. Marsh? Was ist mit Ihrem Mann los? Was ist zur selben Zeit mit den beiden passiert?«

Sie weinte jetzt, ein jämmerliches Weinen. Ich hatte hart und schnell auf sie eingehämmert. Falls sie Angst hatte, eine Witwe zu sein, und diese Angst war jetzt offensichtlich, mußte sie gleichzeitig Angst haben, daß ihr Bruder sie dazu gemacht hatte. Das ist eine ganze Menge, um es auf einmal zu verdauen. Ich sah sie einen

Augenblick lang nachdenklich an. Ich konnte, was ich brauchte, morgen von Brady bekommen, oder heute von ihr. Oder vielleicht konnte ich es auch nur von Herndon persönlich bekommen.

Ich schlug einen anderen Weg ein. »China Basin«, sagte ich, »ist ein komischer Platz, eine Yacht aufzubewahren.«

»Wir konnten uns keinen anderen Liegeplatz leisten«, antwortete sie schluchzend und hielt dann inne, um noch einmal darüber nachzudenken. Sie rieb sich die Augen trocken und putzte sich die Nase. »Ja, es ist ein seltsamer Liegeplatz für eine Yacht«, sagte sie dann bitter. »Ein verflucht seltsamer Liegeplatz, Sam.«

Ich lächelte, froh darüber, daß ich jetzt für das »Sam« bereit war. Sie brauchte einen Freund, keinen Inquisitor. Sie nahm ihr Glas wieder in die Hand, und wir tranken auf unseren neuen, stillschweigenden Pakt. Manche Frauen sehen nach Tränen wie neugeboren aus. Sie war eine von ihnen.

»Ich bin heute nachmittag hingefahren«, sagte ich. »Aber das Boot war weg. Der Wächter, oder was immer er auch ist, sagte mir, daß es zu allen Zeiten kommt und geht.«

»Sie fischen viel.«

»Fangen Sie auch etwas, Iris?« In ihrer Stimme hatte Ironie gelegen.

Sie zuckte die Schultern. »Nicht viel. Aber sie lernen, wie man richtig segelt.«

»Ist es ihr erstes Boot?«

»Ihr erstes richtiges Boot. Die beiden haben jahrelang davon geträumt, und dann haben sie fast vier Jahre gebraucht, um es zu bauen. Aber es ist eine wirkliche Schönheit.«

»Ich freue mich darauf«, sagte ich vorsichtig, »es zu sehen. Weil ich glaube, daß die Antworten dort zu finden sind. Glauben Sie nicht auch, Iris? Der Wächter sagte mir, daß Daves Porsche am Montagnachmittag dort war. Daraus könnte man schließen, daß Dave mit Ihrem Bruder auf dem Boot war. Am Mittwoch, als der Wächter wieder arbeitete, war das Auto weg.«

Sie zuckte zusammen, aber ich mußte es tun, ich mußte ihren verschwundenen Mann mit ihrem Bruder und dem Boot in Verbindung bringen. Es war ihr nichts Neues, sie hatte es bisher nur noch nicht laut ausgesprochen gehört. Ich stand auf, und sie sah ein bißchen enttäuscht aus. Sie wollte nicht allein sein. Ihre Angst würde dann nur noch größer werden.

An der Tür hielt sie mich noch einmal zurück. »Es sieht schlimm aus, Sam, nicht wahr? Es sieht so schlimm aus, wie es nur aussehen kann.«

»Ich bin mir noch nicht sicher, Iris. Aber eines weiß ich ganz genau. Morgen werde ich mehr wissen. Hat Jim ein Telefon dort unten?«

»Nicht daß ich wüßte. Wollen Sie morgen wieder hin?«

»Es ist der einzige Ort, wo ich etwas erreichen kann.«

Am nächsten Morgen um zehn Uhr rief ich Brady an. Ich wußte, daß er immer um acht Uhr mit der Arbeit anfing, und ich hoffte, daß er in zwei Stunden etwas aufgestöbert haben würde. Das hatte er auch. Er war die täglichen Streifenberichte bis zum neunten durchgegangen und hatte damit aufgehört, weil ihm etwas aufgefallen war. Mein Anruf kam ein paar Minuten später.

»Sie haben einen Dodge-Lieferwagen in der Nähe der Army Street gefunden, auf der Küstenseite der Schnellstraße. Hinten drin lagen zwei Tote, sie hatten sich gegenseitig aus nächster Nähe erschossen, wie die ballistische Untersuchung später ergab. Bekannte Mitglieder rivalisierender Rauschgiftringe.«

Es klang gut. »Um welche Tageszeit war das?«

»Nachts. Um halb neun. Da war es stockdunkel. Marsh und Herndon fuhren Zivilstreife in einem unmarkierten Auto. Etwa fünfzig Meter vom Lieferwagen entfernt stand ein dunkelgrüner Cadillac, auf einen der Toten zugelassen, den Schwarzen. Der andere war weiß. Beide waren etwa fünfundzwanzig. Aber eins ist komisch, Sam . . .«

»Es wurde kein Geld gefunden.«

»Stimmt. Und kein Rauschgift. Die ganzen Umstände lassen darauf schließen, daß dort ein großer Verkauf vor sich ging. Wir wissen, daß die beiden Ringe manchmal Waren untereinander austauschen, wenn sie sich nicht gerade gegenseitig umbringen, also hätte man eigentlich irgend etwas finden müssen – Geld, Rauschgift oder beides. Meinst du nicht auch?«

»Was steht dazu in dem Bericht der beiden?«

»Sie riefen sofort den Krankenwagen und die Spurensicherung. Der Cadillac, der Lieferwagen und die ganze Umgebung wurden noch in der Nacht, und am nächsten Tag, gründlich durchsucht. Man hat nichts gefunden. Aber, Sam, die beiden, Herndon und Marsh, waren immer so sauber, daß keiner auch nur den geringsten Verdacht hatte. Ich kann mich ganz klar an den Fall erinnern. Auch mir ist nichts dabei aufgefallen.«

»Man schob es auf den berühmten dritten Mann?«

»Ja, wir nahmen an, daß sonst noch jemand in der Sache drinsteckte und sich mit dem Zaster und was weiß ich aus dem Staub machte. Das Ganze sah bis jetzt sehr gut aus. Aber es könnte sein, daß du recht hast.«

»Ja«, sagte ich, dankte ihm und hängte ein. Ich hatte das Gefühl, keine Zeit mehr verlieren zu dürfen.

Es war halb zwölf, als ich meinen Wagen dicht hinter dem Pinto am Lagerhaus in China Basin parkte und ausstieg. Fünfzig Meter vor mir hatte Herndon gerade das Ankertau am Bug eingeholt und ging jetzt nach hinten, auf mich zu, als er mich sah und stehenblieb. Er trug Blue jeans, eine schwere Baumwolljacke mit großen Taschen und eine Schiffermütze – er war fürs Segeln an einem kühlen Tag angezogen. Ich war immer noch zehn Meter von ihm entfernt, als er grinsend sagte: »Lieber Himmel – Sam Train!«

Es war zwölf oder sogar noch mehr Jahre her, seit wir uns gesehen hatten. Ich hätte ihn ohne die Uniform nie im Leben erkannt. Es wäre zwar schmeichelhaft gewesen zu denken, daß ich mich in zwölf Jahren so wenig verändert hatte, aber es war realistischer anzunehmen, daß jemand ihm gesteckt hatte, daß ich kommen würde. Seine Schwester vielleicht. Ich seufzte, als ich das dachte, und dann sah ich, wie der Revolver in seiner Hand erschien – ein Achtunddreißiger, soweit ich das erkennen konnte.

»Kommen Sie an Bord, Leutnant«, rief er mich bei meinem alten Rang.

Ich blieb stehen. »Wo ist Dave Marsh?«

»Kommen Sie an Bord, oder ich jage Ihnen auf der Stelle eine Kugel durchs Knie.«

Er meinte es ernst. Es war ein Samstag. Als ich durch den Hafen fuhr, hatte ich keine Menschenseele gesehen. Auch der Wächter war nicht in Sicht. Die Heckreling war etwa einen halben Meter unterhalb des Docks. Ich trat darauf, dann auf das Sitzkissen, dann an Bord. Er ging zum Steuerrad etwa drei Meter von mir entfernt. »Unter Deck, Sam«, sagte er. »Und legen Sie die Hände in den Nacken, Sie kennen das ja alles.«

»Bin ich verhaftet, Officer?«

»Los, machen Sie schon.«

Die Kajüte befand sich am Bug, mehrere Stufen führten hinunter. Ich ging langsam und vorsichtig hinunter und spürte, wie die Waffe sich immer mehr meinem Kopf näherte. Die Kabine war einsachtzig hoch, etwas zu niedrig für mich. Ich zog den Kopf ein, die Hände immer noch im Nacken verschränkt, drehte mich um und sah ihn an. Er saß auf der obersten Treppenstufe. Ich konnte vor dem klarblauen Himmel nur seine Silhouette erkennen. Das helle Licht hinter ihm machte es schwer, den Ausdruck seiner Augen zu lesen, aber ich hatte sie einmal gesehen, und das reichte mir. Ein guter Polizist war schlecht geworden. Das ist schlimmer als ein gefallener Engel.

»Jetzt ziehen Sie Ihre Jacke aus«, sagte er. »Aber langsam.«

Ich tat es und ließ sie auf die Koje fallen. Auf der Koje lag ein Gewehr, das ich erst jetzt bemerkte. Meine Jacke bedeckte es fast ganz.

»Jetzt das Schulterhalfter, Sam. Und ich brauche Ihnen ja nicht zu sagen, was passiert, wenn Sie eine falsche Bewegung machen.«

Ich legte das Halfter ab und ließ es auf die Jacke fallen. »Es wird sowieso passieren, nicht wahr, Herndon?«

Er ignorierte die Frage. »Jetzt die Hose. Und das Hemd und die Schuhe. Alles.«

»Weshalb?«

»Sie haben mich gefragt, wo Dave ist. Ich werde es Ihnen zeigen. Aber dafür muß man ja keine guten Kleider ruinieren, nicht wahr?«

Ich kniete mich hin, um meine Schuhe aufzuschnüren. Ich nahm mir dabei Zeit. Er hatte eine alte Strategie im Kopf: Zieh einen Mann nackt aus, und du tust mehr, als ihn nur entwaffnen. Du beschämst ihn. Dann würde er mich umbringen.

Ich fummelte an meinem Schnürsenkel herum und sagte: »Ihr habt das Geld – und wahrscheinlich das Rauschgift – aus dem Dodge-Lieferwagen in der Army Street genommen und es in Ihr Haus in Bayshore gebracht. Ich habe es mir auf der Karte angesehen. Wahrscheinlich konntet ihr in zehn bis fünfzehn Minuten wieder zurück sein. Dann erst habt ihr das Revier alarmiert.«

Ich sah zu ihm hinauf, ein weiterer klarer Gedanke ging mir durch den Kopf. »Damals habt ihr noch an dem Boot gebaut. Wahrscheinlich habt ihr das Geld und das Rauschgift mit eingebaut. Alles in allem so ungefähr eine halbe Million, stimmt's?«

»So ungefähr, nur die Zahl ist falsch. Es sind so etwa achthunderttausend mit dem Rauschgift. Aber es ist schon toll, wie Ihr Gehirn arbeitet. Wie meins. Sehen Sie jetzt, wie einfach es ist, Leutnant? Wie einfach es ist, den Schritt über die Grenze zu machen?«

»Wir alle kommen von Zeit zu Zeit in Versuchung.«

»Aber die Starken widerstehen, nicht wahr? Und jetzt Beeilung, Sam. Sie wollen nur Zeit gewinnen.«

Das stimmte, aber das Bild wurde immer klarer, und ich hielt inne, damit es noch mehr Form annehmen konnte. Ich sah wieder zu ihm hinauf. Er hielt den 38er in beiden Händen, die Ellbogen auf die Knie gestützt. »Dave fing damit an, es auszugeben, nicht wahr? Gleich von Anfang an.«

»Er war ein Dummkopf!« Herndon zog eine Grimasse, als er sich an seinen Zorn erinnerte. »Wir teilten das Geld, seins Backbord, meins Steuerbord.« Seine Augen und die Mündung des Revolvers bewegten sich von rechts nach links, und meine Augen folgten ihm. Er merkte es. »Sie würden es selbst in einer Woche nicht finden, Sam. Ich kann in drei Minuten drankommen, aber Sie müßten das ganze Boot auseinandernehmen.«

»Drei Minuten? Sie hätten es schwieriger machen sollen. Vielleicht hätte Marsh dann nicht . . .«

»Nein, ihn hätte nichts abgehalten. Er hatte das Jucken in den Fingern. Er sagte immer wieder, daß das Geld von Tag zu Tag weniger wert sein würde, wenn wir es einfach nur versteckt hielten. Inflation und so. Er sah nicht über seine Nasenspitze hinaus. Es gab nur eine Möglichkeit, ihn zu hindern, und als er den gottverdammten Porsche kaufte, wußte ich, daß ich es tun mußte. Wenn ein pensionierter Polizist sich so ein Auto kauft, könnte er sich auch gleich ein Schild um den Hals hängen mit der Aufschrift: Ich bin ein Dieb.«

»Wo ist der Porsche?«

»Ich weiß es nicht. Vielleicht in Mexiko oder in Südamerika. Es gibt eine ganze Menge Leute in San Francisco, die unter der Hand ein Auto verschwinden lassen können, und zwar schneller, als man schauen kann. Das ist ein Vorteil, wenn man zwanzig Jahre bei der Polizei war. Man kennt alle wichtigen Leute.«

»Und was wollen Sie mit dem ganzen Geld anfangen, Herndon?«

»Ins Geschäft einsteigen. Ich habe schon angefangen. Ich mache schon die ersten Schritte. In sechs Monaten werde ich eine Million wert sein.«

»Heroin?«

»Persisches, das beste. Ich kann es vor der Küste in Empfang nehmen und hierher bringen. Neunzig Prozent rein. Tausend Dollar pro Gramm.«

»Dann können Sie ja endlich den Unterhalt für Ihre Kinder zahlen.«

Er lachte. »Der beste Deckmantel, den ich habe. Vielleicht werde ich zahlen, vielleicht auch nicht. Sie verstehen, nicht wahr? Alle Welt glaubt, daß ich pleite bin, während alle glauben, daß Marsh im Lotto gewonnen hat. Aber Polizisten gewinnen nicht im Lotto.«

»Wollte er bei Ihren Plänen mitmachen?«

»Nein, eigentlich nicht. Er hat sich von Anfang an dagegen gesträubt. Er wollte das ganze Geld in Teppiche und solchen Kram investieren, können Sie sich das vorstellen?«

»Manche Leute haben eben nicht diese kriminelle Ader, Herndon.«

»Wie Sie und ich sie haben?«

»Ihre Frau sagt, daß Sie sich verändert haben. Was sie nicht sagte ist, daß Jekyll sich in Hyde verwandelt hat.« Ich schüttelte den Kopf. Es gab keinen Ausweg, aber ich mußte weiterreden. »Wieviel Bargeld war da?«

»Vierhundert Riesen. Zweihundert auf meiner Seite des Boots, etwa noch hundertfünfzig auf seiner.«

»Wo ist er, Herndon?«

»In der Bucht. Kopf und Hände an einer Stelle, der Rest woanders.« Er grinste. Er hatte einen Mann getötet, einen Freund, und sein Herz war tot. »Haben Sie diesbezüglich einen besonderen Wunsch, Leutnant?«

Ich hatte meine Schuhe ausgezogen, war aufgestanden und zog die Hose aus. Ich trug noch Shorts, aber ich schämte mich nicht, ich hatte Angst. Herndon war eine Waffe, eine Bombe, er war kein Mensch mehr. Mein Kopf stieß gegen die Decke. Hinter ihm konnte ich eine Bewegung auf dem sonnenhellen Dock sehen. Ich starrte, mit ungläubigen Augen.

»Sie sehen für einen Mann Ihres Alters noch unheimlich gut aus«, sagte er.

Es war schön, so etwas zu hören. Ich sagte mit rauher Stimme: »Hat Iris Ihnen gesagt, daß ich hierherkommen will?«

Er zuckte die Schultern. »Wozu hat man schließlich eine Schwester.«

»Hat sie Ihnen auch gesagt, daß *sie* herkommen will?«

Meine Augen waren in Verwunderung und Abneigung auf sie gerichtet. Ich sagte nichts, aber das brauchte ich auch nicht. Er runzelte die Stirn, er ahnte die dumme »Sehen-Sie-mal-hinter-sich«-Falle, aber zwischen mir und Iris hing jetzt die Spannung wie eine bis zum Zerreißen gespannte Sehne. Er bewegte den Kopf, er verlagerte sein Gewicht, sein Revolver schwenkte ein bißchen von mir ab, er hätte mich verfehlt. Mein Körper wurde zu einer Sprungfeder. Sein Kopf bewegte sich weiter. Den Revolver hielt er jetzt nur noch mit einer Hand. Er sah sie aus dem linken Augenwinkel, sah Bewegung. Iris stolperte über etwas, das auf dem Deck lag, stürzte fast, hob die Hand und wollte sprechen. Hinter ihr sah ich den Wächter herbeilaufen. Das war der Auslöser. Ich sprang. Herndon war fast drei Meter von mir entfernt.

Ich traf das Handgelenk mit dem Revolver. Er fiel auf das Deck. Auf der Treppe verkeilten wir uns ineinander. Er war der Waffe näher als ich. Er griff danach, packte sie am Lauf. Ich kroch über seine Schultern und seinen Kopf, schob mich über das Deck und sprang in das dreckige Wasser unter mir. Ich sagte mir, daß er wohl noch nicht so verrückt war, seine eigene Schwester zu erschießen.

Das Wasser hatte die Farbe verdünnten Motorenöls. Weiter unten war es tintenschwarz. Links von mir konnte ich schwach die Stützen des Docks erkennen. Ich blieb unten, meine Lungen schrien bereits nach Luft, und schwamm auf einen der Stützpfeiler zu. Ich war sicher, daß er mich in der Dreckbrühe nicht sehen konnte, daß ich lange genug unten bleiben konnte, um den Schutz des Docks zu erreichen. Es war eine unsichere Sicherheit, aber plötzlich änderte sich das Spiel. Der Verfolger wandte sich zur Flucht.

Wie in Zeitlupe, falls es so etwas für Geräusche gibt, hörte ich, wie der Motor angelassen wurde, fühlte den Druck gegen meine Ohren, sah Bläschen von dem sich drehenden Propeller aufsteigen, fühlte, wie sie an meinem Rücken zerplatzten. Er stand natürlich am Ruder, steuerte sein Boot. Ich kam hoch und prustete wie ein Wal, füllte meine Lungen und versuchte, meine Augen wieder klar zu bekommen. Ich sah zu, wie das Boot wendete und in die Bucht hinausfuhr. Zum erstenmal sah ich den Namen: STARFLOWER. Da ich im Augenblick nichts anderes zu tun hatte, als zu atmen, übersetzte ich: Stella bedeutete Stern, Iris ist eine Blume. Unter den gegebenen

Umständen schien der Name reiner Hohn zu sein.

An einem der Stützpfeiler waren Querleisten angenagelt, die eine Art Leiter bildeten. Ich kletterte hinauf, zog mich über die Kante und blieb schwer atmend liegen. Ein paar Meter weiter kämpften Iris und der Wächter miteinander. Er sah mich, als ich aufstand, riß sich von Iris los und kam auf mich zu. Die Pistole, um die sie gekämpft hatten, lag in seiner Hand. Er blieb stehen und starrte. Er muß wohl gedacht haben, ich sei ein Monster aus den Tiefen des Meeres, eine Mutation aus Öl, Algen und Abfall. Später sagte Iris, daß mein schreckliches Aussehen mir wahrscheinlich das Leben gerettet hätte. Aber ich bin nicht dieser Meinung. Was mir das Leben rettete, war das ölgeschwärzte Brett, das sie auf seinem Schädel niedergehen ließ.

Seitdem war ich viermal auf der STARFLOWER, mit Iris und ihrem Sohn Peter. Peter hat Sonderurlaub bekommen und wird in ein paar Monaten ganz in die Staaten zurückkommen. Er ist ein ausgezeichneter Segler und ein guter Sohn. Das Boot liegt inzwischen an einer anständigen, wohlbewachten Anlegestelle. Als erstes, nachdem Iris das Boot zugesprochen bekam, wechselte ich das Kajütenschloß aus, zu dem Herndon immer noch einen Schlüssel hat. Als ich mit dieser Arbeit allein an Bord war, fand ich das Geld. Ich brauchte kaum fünfzehn Minuten, und ich brauchte nicht ein einziges Brett herauszubrechen. Es war hinter der Wandverkleidung, versteckt hinter einem Sitzkissen, das als Rückenlehne der Koje diente. Aber die Verkleidung und das winzige Scharnier, das sie hielt, war einwandfrei zugeschnitten und sauber poliert, und wenn ich damals nicht Herndons Augen gefolgt wäre, hätte ich bestimmt länger gebraucht. Dem unvoreingenommenen Auge wäre das Versteck entgangen, daran gab es gar keinen Zweifel.

Die Steuerbordseite war leer, wie nicht anders zu erwarten gewesen war. Die Backbordseite, Marshs, enthielt zehn sorgfältig verpackte und versiegelte Päckchen, von denen jedes fünfzehntausend Dollar enthielt. Die Päckchen sind jetzt, sechs Wochen später, immer noch da. Sie beherrschen immer noch meine Träume bei Nacht und meine sorgenvollen Gedanken bei Tag. Wem gehört das Geld? Wer hat ein Recht darauf? Wird Herndon zurückkommen und es holen, oder hat er es absichtlich für seine Schwester dagelassen, als er das Boot in der Nähe von Hunters Point liegenließ? Falls – oder wenn – er geschnappt wird, wird er auspacken? Soll ich es Iris geben oder ihr sagen, wo es ist? Und was, wenn das verdammte Boot sinkt? Oder abbrennt? Oder gestohlen wird? Was, wenn sie es verkaufen will, wovon sie schon mehrmals gesprochen hat? Oder was, wenn ich plötzlich sterben sollte?

Heute nachmittag waren wir wieder am Wasser, Peter lenkte das Boot mit Meisterschaft. Iris war unten in der Küche und machte belegte Brote, brachte uns Bier. Ich saß oben bei Peter und bewunderte seine Fähigkeiten. Ich bin ein Feigling. Ich habe eine neurotische Angst davor, hinunterzugehen, eine klaustrophobische Panik vor diesem Raum, die Angst, daß ich alles heraussprudeln werde, wie verrückt mit den Händen gestikulieren und schreien werde: »Da! Da ist es! Hinter dem Kissen da! Hinter der Verkleidung!«

Gestern abend habe ich sie zum Essen eingeladen, und danach sind wir noch in eine Show gegangen. Ich habe sie – mehr oder weniger gezwungen – unter meine Fittiche genommen, was sie, wie ich befürchte (obwohl seit neuestem nicht mehr so stark), mißversteht. Sie ist eine robuste, vitale Frau und wird, je mehr Zeit ihren doppelten Verlust lindert, immer attraktiver und lebhafter. Davids Leiche – oder seine Teile – wurden noch nicht gefunden, aber sie akzeptiert seinen Tod und auch die schrecklichen Umstände seines Todes als Tatsachen.

Und sie hat sich selbst vergeben – wie auch ich ihr verziehen habe –, daß sie ihren Bruder an jenem Samstagmorgen von meinem Kommen unterrichtete. Einen Augenblick lang hatte sie furchtbare Angst um ihn. Der Zwilling in ihr konnte nicht glauben, daß Bruder Jim ein Mörder und ein Dieb sein sollte. Der pragmatische Realist in ihr wußte, daß es stimmte. Als der Zwilling in ihr die Oberhand hatte, rief sie den Wächter im Lagerhaus an und ließ Jim warnen. Sie hatte mich angelogen, als sie sagte, Jim habe dort kein Telefon. Aber dann, nur kurze Zeit später, stieg der Realist in ihr ins Auto und raste los, um den Schaden wiedergutzumachen. Sie wollte nur, sagte sie mir später, daß ihr Bruder ungestört fliehen könnte. Es war ihr letzter schwesterlicher Impuls. Sie versteht inzwischen, daß Menschen sich zum Schlechten wenden können, selbst Menschen, die man liebt.

Am nächsten Montag fahre ich für zwei Wochen in meine Hütte in den Bergen. Normalerweise fahre ich nie um diese Zeit hin. Die beste Zeit zum Angeln ist entweder früher oder später. Aber die Hütte hat ein paar Reparaturen nötig, und ich kann ein bißchen Gold waschen und alte Freunde besuchen.

Aber dann werde ich zurückkommen müssen – schon aus dem einfachen Grund, weil ich meinen Lebensunterhalt verdienen muß.

Und natürlich, um Iris zu sehen.

Und ihr zu sagen – was bloß?

Originaltitel: WORSE THAN A FALLEN ANGEL. 4/81

Pauline C. Smith

Die Opalkette

Smith saß in seiner Nische auf der Bank. Der weiße Schaum seines Biers sank langsam in sich zusammen, während er den Stimmen um sich herum zuhörte. Die Worte fielen wie Perlen, die sich über dem Wort »schuldig« zu einer Kette zusammenfädelten.

Als die Tür der Bar sich öffnete und die heiße Luft von der Straße hereinließ, riß Smith sich aus seinen müßigen Überlegungen und sah sich den Neuankömmling genau an. Sein Gesicht erhellte sich. Er beobachtete, wie der Mann nach einem leeren Barhocker Ausschau hielt. Er beugte sich vor und krümmte einen dicken Finger. »Alles voll. Sie können sich gerne zu mir setzen.«

Der Mann sah sich unentschlossen um. »Unter dem Ventilator ist es sowieso kühler«, fügte Smith hinzu.

Der Mann warf einen Blick auf die sich drehenden Ventilatorblätter, die die dicke Luft kaum bewegen konnten. Er beugte sich über die Theke, sprach ein paar Worte zu dem Barkeeper und kam mit steifen Schritten auf die Nische zu.

»Ganz schön heiß, nicht wahr?« sagte Smith.

»Es ist warm«, stimmte der Mann reserviert zu.

»Im Gerichtssaal ist es noch heißer.«

Das Gesicht des Mannes wirkte jetzt noch verschlossener.

Jemand warf eine Münze in die Musikbox. Ein Saxophon jammerte. Eine männliche Stimme weinte um eine verlorene Liebe.

»Sie heißen Corey, nicht wahr?«

Corey bewegte sich, stand halb auf, sah dann, wie der Barkeeper mit seinem Drink auf ihn zu kam, und setzte sich zögernd wieder hin.

»Sie sind der Hauptzeuge in der Verhandlung.« Während Corey bezahlte, erforschte Smith die feingeschnittenen, aber schon etwas schlaffen Züge seines Gegenüber.

Ein Mann an der Theke lachte. Ein anderer fiel ein. Die männliche Stimme aus der Musikbox schluchzte. Als der Barkeeper wieder weg war, beugte Smith sich vor und sagte mühevoll: »Sie haben den Jungen ganz schön reingerissen, nicht wahr?«

Die Worte hatten die gleiche Wirkung, als hätte man Corey eine Nadel ins Fleisch gejagt. Er zuckte zusammen.

»Nun . . .«, sagte Smith schulterzuckend. »Wenn der Junge schuldig ist, ist er eben schuldig.« Er lehnte sich zurück und sah sich im Raum um.

»Aber . . .« Corey hob sein Glas und stellte es wieder ab, ohne daraus getrunken zu haben.

»Aber was?« Smith legte aufmerksam den Kopf ein bißchen zur Seite. »Sie glauben nicht, daß er schuldig ist? Es gibt eine Menge Beweise gegen ihn. Zumindest sieht es für mich wie eine Menge Beweise aus. Und für die Geschworenen auch.«

Coreys Augen wurden ausdruckslos.

»Zumindest, seit Sie im Zeugenstand waren. Bis dahin war das Ganze recht wackelig. Aber Sie haben einen Betonpfeiler gebaut.«

Die Musik verstummte, und das Klirren eines leeren Glases auf der Bar war zu hören. Die Türen öffneten und schlossen sich und pumpten stickige Hitze in den Raum.

»Ich stand unter Eid«, sagte Corey empört. Dann fügte er nachdenklich hinzu: »Ich habe nur gesagt, was ich gesehen habe.«

»Wahrscheinlich war der Junge sowieso schon erledigt.« Smith sah mit glänzenden Augen auf. »Das ist heute mein erster Tag, an dem ich der Verhandlung beiwohne, deshalb weiß ich es nicht so genau.« Einen Augenblick lang hörte er der Musik zu, die wieder eingesetzt hatte. »Soviel ich gehört habe, waren die Beweise gegen ihn sowieso schon fast ausreichend. Da waren Fransler und der Gärtner, die gesehen hatten, wie dieser Henry Brockton wütend wegstürmte. Und die Haushälterin.« Smith sah sein Gegenüber mit schmalen Augen an.

Corey erwiderte den Blick ausdruckslos.

»Und dann war da noch Ihre Aussage.«

Corey beugte sich vor und sagte fast entschuldigend: »Ich habe nur zufällig gesehen, wie er an jenem Tag vorbeiging.«

Smith nickte. »Dem Tag des Mordes. Unmittelbar nach dem Mord.«

Corey richtete sich auf. Seine dünnen Finger klammerten sich um die Tischkante. »Ungefähr um die Zeit des Mordes. Aber das ist reiner Zufall.«

»Auf jeden Fall genug Zufall, um den Jungen den Hals zu brechen«, sagte Smith. Er lächelte. »Sie glauben also nicht, daß er schuldig ist?«

»Das habe ich nicht gesagt.«

»Sie glauben aber, daß man ganz schön unfair mit ihm umgeht.«

Smith nahm einen Schluck von seinem Bier und wischte sich mit dem Handrücken den Mund ab. »Sie mögen den Jungen.«

»Ich kenne ihn nicht sehr gut«, sagte Corey ausweichend. »Er kommt aus guter Familie.«

Smith schob sein Glas zur Seite und verwischte den nassen Ring mit einem dicken Zeigefinger. »Aus guter Familie?« fragte er und starrte auf das Geschmiere auf dem Tisch. »Im Gerichtssaal hat es sich aber nicht so angehört. Hieß es nicht: ›Wie der Vater, so der Sohn‹ und so ähnlich?«

Coreys Lippen preßten sich einen Augenblick fest zusammen. »Ein typischer Verhandlungstrick der Anklage. Die Bemerkung wurde gestrichen, erinnern Sie sich? Der Richter befahl den Geschworenen, die Bemerkung zu vergessen.«

»Geschworene erinnern sich immer am liebsten an die Dinge, die sie vergessen sollen. Und schon bevor ihnen gesagt wurde, sie sollten die Bemerkung vergessen, sah es so aus, als käme ihnen gerade die Bemerkung äußerst interessant vor. Sie hörte sich so an, als sei dem Vater des Jungen etwas ganz Ähnliches passiert. War das so?«

»Nein.«

»Es muß aber so gewesen sein. Es muß sich auch um einen Mord gehandelt haben.«

Corey räusperte sich. »Vor Jahren, als Henry noch ganz klein war, gab es einen Unfall. Aber es war nichts als ein Unfall.«

Smith war interessiert. »Viel Aufsehen um einen reinen Unfall, was?« Er stützte die Ellbogen auf den Tisch und wartete. Aus den Augenwinkeln sah er, wie ein Gast zur Musikbox ging, in seinen Taschen nach einer Münze suchte, die Schultern zuckte und wieder zu seinem Hocker zurückkehrte.

Coreys Gesicht wurde hart, und seine Stimme klang entschlossen. »Aber es *war* ein Unfall. Ein Autounfall. Brockton, Henrys Vater, saß am Steuer. Henrys Mutter saß neben ihm, als das Auto von der Straße abkam und über die Klippe stürzte. Brockton konnte noch rechtzeitig herausspringen. Seine Frau kam dabei ums Leben.«

»Oh.«

»Es gab natürlich Gerede.«

»Natürlich.«

»Aber sonst nichts. Keine Untersuchung, keine Anklage.«

»Gut. Aber für den Jungen scheint es nicht so gut auszugehen.«

»Es war auch für Brockton nicht so gut. Er hat Selbstmord

begangen. Und in der Stadt hieß es natürlich, sein schlechtes Gewissen hätte ihn dazu getrieben.«

»Dann war der Junge ja ganz allein.«

Corey wandte das Gesicht ab.

»Schlimm, ein Kind so ganz allein zu lassen.«

»Eine Tante hat ihn bei sich aufgenommen«, sagte Corey steif.

Smith wischte sich über die Stirn. Seine Augen wanderten über die zusammengekrümmten Rücken an der Bar. »Irgend jemand muß eben immer bezahlen«, sagte er nachdenklich. »Aber es war schon ziemlich gemein, nicht wahr? Von Brockton, meine ich.« Er beobachtete, wie Corey mit seinem Glas spielte und fügte hinzu: »Erst bringt er die Mutter des Jungen um . . .«

»Das war ein Unfall.«

»Gut, aber der Selbstmord . . .«

Corey starrte ihn böse an. »Der Mann war außer sich vor Kummer. Und er konnte das Gerede einfach nicht mehr ertragen.«

»Er konnte es nicht ertragen. Nicht aushalten? Vielleicht ist der Junge aus demselben Holz. Kann es nicht aushalten, wenn er ein Problem hat, oder wenn jemand ihm Ärger macht.«

»Das würde die Anklage uns gerne glauben machen.« Corey packte die Tischkante, als ginge es um sein eigenes Leben. »Aber man kann das Leben eines Mannes doch nicht nach einem einzigen Vorfall beurteilen.«

»Es braucht aber oft nur einen einzigen Vorfall«, sagte Smith. »Wie bei dem Jungen.« Er nahm einen weiteren Schluck Bier. »Sie glauben also nicht, daß der Junge den Mord begangen hat?«

»Das habe ich nicht gesagt«, wich Corey aus. »Ich weiß es einfach nicht.«

Der Barkeeper trat an ihren Tisch und hob fragend die Augenbrauen. Fast unmerklich schüttelte Smith den Kopf. »Sie kennen den Jungen nicht sonderlich gut?« fragte er.

»Henry? Nein. Er kam vor ein paar Jahren in die Stadt zurück, um hier aufs College zu gehen.«

Smith nickte. »Hat er sich das Geld fürs Studium selbst verdient?«

»Ja. Er hat jede Arbeit angenommen, die er bekommen konnte. Er arbeitete für die Fanslers, als sie ermordet wurde.«

»Hm.«

»Aber er hat sie nicht umgebracht.«

»Woher wollen Sie das wissen?«

»Ich meine, ich verstehe einfach nicht, wie er sie umgebracht haben könnte.«

»Sie sahen, wie er um halb fünf vom Grundstück der Fanslers stürmte und wütend die Straße entlanglief.«

»Ja, das habe ich gesehen. Er hat einen Stock aufgehoben und hat damit beim Gehen auf das Unkraut am Straßenrand eingeschlagen.« Corey drehte sein Glas und starrte es aufmerksam an. »Aber man sollte doch meinen«, sagte er langsam, »man sollte doch meinen, daß seine Wut verraucht gewesen wäre, wenn er sie tatsächlich umgebracht hätte. Seine Wut hätte damit doch eigentlich weg sein müssen.« Er stellte das Glas ab und starrte Smith an.

»Ja, das sollte man eigentlich meinen.«

Corey beugte sich vor. »Dann glauben Sie also nicht, daß Henry sie umgebracht hat?«

Smith lachte. »Hören Sie, ich bin zum erstenmal in dieser Stadt. Ich weiß über den Fall nur, was ich in den Zeitungen gelesen habe. Heute kam ich zufällig geschäftlich hierher. Ich hatte noch ein paar Stunden Zeit, und deshalb habe ich mich in den Gerichtssaal gehockt, um mir die Show anzusehen. Dieser Henry Brockton ist mir eigentlich recht sympathisch. Er sieht sauber und anständig aus.«

Corey nickte eifrig.

»Die Frau«, sagte Smith langsam. »Die Frau, die umgebracht wurde . . .«

Coreys Gesicht wurde wieder verschlossen. »Mina Fansler.«

»Die Leute konnten sie nicht leiden?«

»Sie war nicht sehr beliebt«, milderte Corey ab.

»Unfreundlich zu ihren Angestellten?«

»Das kann ich nicht sagen.«

»Auf jeden Fall eine Menge Geld, nicht wahr?«

»Sie war recht wohlhabend.«

»Und«, fragte Smith, »wer bekommt das ganze Geld?«

»Ihr Mann, nehme ich doch an.«

»Wie steht er da?«

Corey wandte den Blick ab. »Finanziell?«

»Ja, finanziell. Persönlich. Bevor seine Frau angenehmerweise verschied und er ihr Geld erben konnte.«

»Ich bin mir nicht sicher.«

»Aber Sie glauben, daß er nicht so gut dasteht – ohne das Geld seiner Frau.«

Corey sah Smith direkt an. »Ja, genau das denke ich.«
Smith stützte sich mit den plumpen Händen an der Tischkante ab, beugte sich vor und sah seinem Gegenüber offen ins Gesicht. »Kommt es Ihnen nicht komisch vor, daß er seine Haushälterin so kurz nach dem Mord an seiner Frau heiratete?«

»Nun, ja und nein. Es war fast sechs Monate nach dem Tod der ersten Mrs. Fansler. Die Verhandlung wurde ziemlich lange hinausgeschoben.«

»Wann haben sie geheiratet, Fansler und seine Haushälterin?«

»Vor ein paar Wochen.«

»Kurz vor der Verhandlung, was?«

»Etwa eine Woche davor. Fansler sagte, es sähe nicht gut aus, wenn die Haushälterin ganz allein im Haus ist, ohne daß noch eine andere Frau da wohnt. Er sagte, um ihren Ruf zu schützen, sei es das Beste so.«

Smith lachte. Corey sah ihn verwirrt an.

»Über ihren Ruf hätte er sich keine Sorgen zu machen brauchen.«

Corey sah ihn böse an. »Woher wollen Sie das wissen? Sie sagen, Sie wären fremd hier. Woher wollen Sie irgend etwas über die Haushälterin wissen?«

Smiths Mund verzog sich zu einem halben Grinsen. »Weil ich mit ihr verheiratet war, Bruder. Weil ich mit ihr verheiratet war.«

Coreys Mund klappte auf. »Sie waren mit ihr verheiratet? Mit der neuen Mrs. Fansler?«

Smith lachte. »Der neuen Mrs. Fansler. Der Haushälterin. Ada Smith.« Seine Augen verengten sich. »Ich heiße Smith. Habe ich Ihnen das nicht gesagt?«

Corey schüttelte den Kopf.

»Nun, Smith ist ja ein häufiger Name. Ich habe mir weiter nichts dabei gedacht, als ich den Namen Ada Smith in der Zeitung las. Es muß Dutzende von ihnen geben, vielleicht sogar Hunderte.« Er beugte sich vor. »Aber als ich in die Stadt kam, packte mich irgendwie doch die Neugier, und ich dachte, ich sehe mir das Ganze einmal an. Es war Ada. Ich sah sie auf der Zeugenbank. Es war Ada, zwar zwanzig Jahre älter und etwas dicker, aber zweifellos Ada.

Ich habe keineswegs Sehnsucht bekommen«, fuhr er fort. Seine kleinen Augen blitzten auf. »Sie war eine falsche, geldgierige . . .«

Er hielt inne. Nach einer Pause sagte er: »Sie war schlecht.«

»Aber ich dachte . . .«, sagte Corey leise. »Sie schien immer so . . .«

»Ja, sie kann wirklich nett sein. Aber sie ist es nicht.«

Smith lehnte sich zurück. »Mir tut dieser Henry Brockton leid. Ich glaube, er ist da in eine Falle gelaufen. Ich glaube, jemand hat ihn zum Sündenbock gemacht.«

Corey richtete sich auf. »Es gibt keinerlei Beweise zu seinen Gunsten«, sagte er scharf.

»Ich habe die Verhandlung nur diesen einen Tag mitverfolgt«, gab Smith zu. »Ich weiß nicht genau, wie alles ablief. In den großen Zeitungen steht nicht übermäßig viel über so einen Fall drin.

Corey legte die Hände auf den Tisch. »Henry hat täglich ein paar Stunden für die Fansler gearbeitet. Was eben so anfiel. Die Garage und den Keller aufräumen, im Garten helfen und so weiter. Am Tag des – am fraglichen Tag ging er, soviel ich weiß, ins Haus, um Mrs. Fansler nach einem Werkzeug zu fragen, ich weiß nicht genau welches, das er nicht finden konnte. Nach seiner Aussage beschuldigte sie ihn, es gestohlen zu haben.«

Smith gab einen verächtlichen Laut von sich. »Sie war reich, nicht wahr? Was machte es ihr schon aus, ob irgendein mickriges Werkzeug mehr oder weniger da war?«

Corey zuckte die Schultern. »Ich weiß nur, was in der Verhandlung gesagt wurde. Henry sagte, sie hatten einen Streit über ein Werkzeug.«

»Hat sonst noch jemand gehört, worum es bei diesem Streit ging?«

Corey schüttelte den Kopf. »Nur die lauten Stimmen, aber niemand wußte, worum es dabei ging. Wir haben nur Henrys Wort, daß es sich um eine Kleinigkeit handelte. Er behauptet, er sei wütend geworden und aus dem Haus gestürzt, ohne Mrs. Fansler auch nur angerührt zu haben. Der Gärtner, der ihn sah, bestätigte seine Wut. Ich sah ihn an meinem Haus vorbeigehen, und ich *weiß*, daß er wütend war.«

»Was sagen Fansler und Ada?«

»Nach ihren Aussagen betrat die Haushälterin das Zimmer, in dem der angebliche Streit stattgefunden hatte, etwa fünf Minuten nachdem Henry gegangen war. Sie fand Mrs. Fansler in einer Blutlache liegend und rief Mr. Fansler.«

»Man hatte der Frau die Kehle durchschnitten, nicht wahr?«

»Ja.«

»Was ist mit dem Messer oder was auch immer benutzt wurde?«

»Es war ein Taschenmesser. Sie fanden es etwa eine Woche später im Fischteich.«

»Wahrscheinlich mußte der junge Brockton am Fischteich vorbei, wenn er zur Straße wollte?«

Corey nickte.

»Und wahrscheinlich war es sein Messer?«

»Er gab zu, daß es sein Messer war. Er behauptet, es schon vor Tagen irgendwo im Garten verloren zu haben.«

»Es sieht ziemlich schlecht für ihn aus, nicht wahr?«

»Ich fürchte ja.«

Smith trank sein Bier aus. »Ada könnte wahrscheinlich mehr dazu sagen. Diese Heirat ist ein Trick. Sie hat ihren Daumen auf Fansler.« Plötzlich sah er auf. »Wo Fansler jetzt all das Geld hat, würde er sich nie an seine Haushälterin hängen, wenn er nicht müßte. Ada ist nicht gerade eine Traumfrau. Zumindest jetzt nicht mehr.«

Corey sagte nichts.

»Sehen Sie Ada oft?« fragte Smith.

Corey dachte einen Augenblick lang nach. »Ziemlich oft. Sie ist oft im Garten. Sie schneidet jeden Tag frische Blumen.«

»Ja, sie liebt hübsche Dinge.« Smith lachte. »Ist Ihnen je die Kette aufgefallen, die sie um den Hals trägt?«

Corey schüttelte den Kopf.

»Es sind Opale. Sie trägt sie ständig. Ich habe gesehen, daß sie sie auch heute trug. Wie Augen sehen sie aus. Ich haßte die Dinger, aber sie liebte sie. Sie sagte, sie bringen ihr Glück.«

»Ich dachte . . .«, murmelte Corey. »Abergläubische glauben, sie bringen Unglück.«

Smith bewegte spöttisch den Finger hin und her. »Das kommt auf das Geburtsdatum an. In Adas Fall waren es Glückssteine, weil sie im Oktober geboren ist.« Er wischte sich wieder über die Stirn und sah sich ernst im Raum um. »Sie war der Typ, der immer haben wollte. Gib mir einen Diamantring. Gib mir einen Pelzmantel. ›Liebling‹, hab' ich zu ihr gesagt, ›wenn du nur noch ein bißchen wartest, kannst du so viele Diamanten haben, wie du nur willst.‹« Smith sah Corey herausfordernd an. »Das stimmte. Ich hatte Erfolg, wie ich es vorhergesagt hatte. Aber als ich das über die Diamanten sagte, wir standen vor einem Juweliergeschäft, sah sie diese Opale und sagte, sie wollte keine andere Kette haben, dann befingerte sie jeden einzelnen der Steine, wie sie es von da an immer tat. Sie befühlte sie, einen nach dem anderen, bis ich das Gefühl hatte, verrückt zu werden.«

»So . . .« Smith drückte den Zeigefinger gegen den Daumen. Er wiederholte die Geste; wie ein sich öffnender und schließender Mund waren die Finger, die sich um seinen Hals bewegten. »Wenn sie sich über irgend etwas Sorgen machte, befühlte sie die Steine. Wenn sie sich aus etwas herausreden wollte, tat sie es auch. Sie fing am Verschluß an und arbeitete sich um die Kette herum, bis sie wieder am Verschluß ankam. Bis dahin hatte sie ihre Antwort parat.

Nur einmal nicht. Ada war sehr hübsch, müssen Sie wissen. Sie sehnte sich nach Aufmerksamkeit, sie wollte bewundert werden und Geschenke bekommen – vor allem von Männern.« Smiths rundes Gesicht wurde hart. »Es kamen mir Dinge zu Ohren. Wissen Sie, sie hätte sich nicht herumtreiben dürfen. Ich war verrückt nach ihr.« Er klopfte sich auf den Bauch. »Und damals war ich noch rank und schlank.«

Corey sah ihn mit ernstem Ausdruck an.

»Ich hoffte«, erklärte Smith resigniert, »daß sie sagen würde, es würde alles nicht stimmen. Ich hoffte, daß sie eine gute Entschuldigung hätte. Aber kaum daß ich ihr ins Gesicht schrie, was ich gehört hatte, faßte sie an die verdammte Kette.« Smith preßte Daumen und Zeigefinger zusammen, bis die Kuppen weiß waren. »Ich zerrte ihre Hände weg und hielt sie fest, und schrie sie an, die Wahrheit zu sagen. Sie tat es. Die ganze Zeit über versuchte sie, ihre Hände freizubekommen, aber sie sprudelte die ganze, verdammte Wahrheit heraus.«

Erleichtert und lächelnd fuhr Smith mit ruhigerer Stimme fort: »Sie erzählte mir alles, was für schöne Zeiten sie gehabt hätte, und wie sie an ihre Geschenke gekommen sei. Dann ließ ich ihre Hände los, und sie fing wieder an, die Opale zu berühren.«

Corey lehnte sich zurück, als Smith schwieg.

»Dann habe ich sie rausgeschmissen.«

Ein Mann stand von seinem Barhocker auf und ging zur Musikbox. Er sah sich die Zahlen darauf an. Die Platten fielen auf den Teller, und Satchmos kehlige Stimme ertönte.

Smith stand auf und sah auf Corey hinab. »Ich glaube nicht, daß Ada alles gesagt hat, was sie weiß. Längst nicht alles. Aber man kann sie zum Reden bringen.« Sein rundes Gesicht sah jetzt resigniert aus.

»Wer weiß? Vielleicht ist der Junge, Henry Brockton, doch schuldig. Das müssen Sie entscheiden.«

Er drehte sich um.

»Smith!« rief Corey. Der dicke Mann drehte sich um. »Wie kann ich denn . . .« Er sah den wachsamen Blick und fragte: »Sind Sie morgen noch in der Stadt?«

»Morgen fahre ich wieder ab. Mit dem Zug um halb neun Uhr morgens.«

»Morgens?«

»Ja, ich werde so gegen acht Uhr am Bahnhof sein. Falls ich Sie nicht mehr sehen sollte, viel Glück, und es war nett, Sie kennenzulernen. Falls ich ich Sie nicht mehr sehen sollte.« Er drehte sich um und ging langsam zur Tür.

Auch am nächsten Morgen war es noch heiß – eine drückende Hitze, die durch die Ritzen der Bahnhofshalle drang und vom Dach herabsickerte.

Smith wischte sich den Schweiß von der Stirn. Die Bahnhofsuhr zeigte Viertel nach acht. »Na schön«, murmelte er vor sich hin. »Eigentlich habe ich ihn sowieso nicht erwartet. Diese Typen haben alle keinen Mumm. Sie sind alle viel zu nett, um auch nur ein einziges Mal aus ihrem Schneckenhaus zu kommen. Haben viel zuviel Angst, irgend etwas Außergewöhnliches zu machen.«

Sekunden später spürte er die Berührung an seinem Arm. Er drehte sich um und sah Coreys müdes Gesicht vor sich. Er konnte darin nichts als Erschöpfung lesen.

Mit dem Taschentuch fuhr er sich über Hals und Nacken.

»Sie hat gestanden«, sagte Corey.

Smith tastete hinter sich. Er mußte sich an etwas festhalten. Corey schob ihn zu einer Bank.

»Sie log bei der Voruntersuchung und in der Verhandlung.« Corey setzte sich neben ihn. Sein Mund war schlaff und müde, sein Gesicht fast grau. »Als ich gestern nach Hause kam, wartete ich auf meiner Veranda, von der aus ich den Garten der Fanslers sehen kann. Kurz danach kam sie mit der Blumenschere aus dem Haus. Ich ging durch die Hecke und sprach sie an den Blumenbeeten an.«

Smith starrte auf die Straße hinaus, die in der Hitze flimmerte.

»Sie war überrascht, glaube ich. Ich war nie sehr auf nachbarlichen Kontakt bedacht gewesen. Ich sprach über das Wetter und über die

Verhandlung, und daß Henry wahrscheinlich schuldig gesprochen würde.« Corey fuhr sich mit einer kleinen, weißen Hand über die Stirn. »Ihre Hand mit der Blumenschere bewegte sich zu ihrem Hals. Dann sah sie erst, daß sie die Schere noch in der Hand hatte, und nahm die andere, um die Steine der Kette anzufassen.«

Er sah Smith scharf an, der immer noch auf die Straße hinausstarrte. »Sie fing an, einen nach dem anderen zu berühren, genau so, wie Sie es gesagt hatten.«

Smith nickte.

»Ich zog ihre Hand von der Kette weg und hielt sie fest und fragte sie, ob Henry wirklich schuldig ist. Sie sah verängstigt aus und ließ die Schere fallen, also hielt ich auch ihre andere Hand fest. Dann stellte ich ihr die Fragen, ziemlich grob, glaube ich, und Sie hatten recht. Ich hinderte sie daran, ihrer Besessenheit nachzukommen, und die Verwirrung darüber wirkte wie ein Wahrheitsserum. Die Worte stürzten nur so aus ihr hervor, sie wollte nur eines, so schnell wie möglich an die Opale kommen. Sie sprudelte alles hervor – wie sie Mrs. Fansler lebend sah, unmittelbar nachdem Henry gegangen war, und wie sie fünf Minuten später, als sie ihrer Hausarbeit nachging, das Geräusch hörte, das sie ins Wohnzimmer laufen ließ, und wie Mr. Fansler über der Leiche seiner Frau stand. Er hatte ihr gerade die Kehle mit Henrys Messer durchgeschnitten.«

»*Fansler*?« Smith sah Corey ungläubig an. Seine Augen wurden rund. »*Fansler* hat seine Frau ermordet?«

»Ja, hatten Sie das nicht erwartet?«

»Ich dachte, Ada hätte es getan. Ich dachte, sie hätte das mit Fansler so abgesprochen. Wenn sie seine Frau umbrachte, sollte er sie heiraten und das Erbe mit ihr teilen.«

»Sie wollten Ihre frühere Frau in die Gaskammer bringen?«

Smith ballte die Fäuste. »Sie war schlecht. Das können Sie mir glauben. Was wird sie jetzt bekommen? Meineid?«

»Vielleicht wird sie wegen Beihilfe oder so etwas angeklagt, ich weiß es nicht. Sie bot Fansler an, ihn bei seinem Versuch, alles auf Henry zu schieben, zu unterstützen, wenn er ihr zehntausend Dollar geben würde. Sie einigten sich darauf, und sie machte bei der Voruntersuchung ihre Aussage. Dann überlegte sie sich wahrscheinlich alles noch einmal und kam zu dem Entschluß, daß sie sich mit ihrem Wissen Sicherheit auf Lebenszeit kaufen könnte. Also drohte sie Fansler, alles auffliegen zu lassen, wenn er sie nicht heiratete und das ganze Erbe mit ihr teilte. Es steht alles schon in den Akten. Fansler wurde festgenommen und Ihre frühere Frau ebenfalls.«

Das Geräusch des sich nähernden Zuges dröhnte laut in der Bahnhofshalle.

Smith griff nach seiner Tasche und stand auf. Er sah Corey an. »Auf jeden Fall wird Henry Brockton jetzt frei sein.«

»Ja, Henry wird frei sein.«

Smith streckte seine dicke Hand aus.

Corey sah darauf hinab und schüttelte den Kopf. »Nein, ich glaube nicht. Ich weiß nicht genau weshalb, Mr. Smith, denn schließlich haben Sie einem Jungen das Leben gerettet. Aber ich glaube, ich möchte Ihnen lieber nicht die Hand schütteln.«

Smith steckte die Hand in die Tasche.

»Nun«, sagte er, »vielleicht kann ich Ihnen das nicht einmal übelnehmen.«

Originaltitel: THE OPAL NECKLACE. 6/81

Louise Brownlee

Exekution aufgeschoben

In den zwei Jahren bei der Armee hatte Tim Keegan vom Herbst in Montana geträumt, vom beißenden Wind, von der blassen Sonne, und vor allem vom Druck des Jagdgewehrs gegen seine Schulter.

Jetzt war er schon seit ein paar Tagen zu Hause. Es war Herbst, und auf dem Lolo Peak lag schon der erste, frische Schnee. Während er im Zimmer des Richters im alten Gerichtsgebäude wartete, blies der Wind durch das Fenster auf seinen schwitzenden Hals. Blasses Sonnenlicht fiel auf die Briefe und Zeitungsausschnitte, die er auf dem Tisch ausgelegt hatte. Aber das Jagdgewehr fehlte. Statt dessen hielt Tim einen gespannten 45er Revolver in der rechten Hand.

Er wartete darauf, Distriktrichter Loren Prentice zu töten.

Das Fenster stand weit offen, und die Morgensonne schien auf den Fußboden. Tim starrte auf den Teppich an der Tür und fragte sich, wo Richter Prentice zu Boden gehen würde. Ob es viel Blut geben würde? Ob er wohl verschwinden konnte, ehe die Sekretärinnen im Büro nebenan etwas merkten? Bevor jemand ins Zimmer kam, um nachzusehen, was hier vor sich ging? Ehe ganz Montana auf den Beinen sein würde, um den Mörder eines seiner Richter zur Strecke zu bringen?

Mörder? Henker war wohl der richtigere Ausdruck. Tim sah auf seine Uhr. Halb neun. Er hatte sich in dieses Zimmer geschlichen, den 45er seines Bruders in der Tasche. Die Zimmer der Richter befanden sich im Erdgeschoß, und er war im Flur niemandem begegnet.

Jetzt brauchte er nur zu warten.

Wie kam es bloß, daß er so nervös war und den Revolver doch so fest und entschlossen halten konnte? Das Training bei der Armee war ihm anscheinend doch in Fleisch und Blut übergegangen. Es hatte offensichtlich doch einen Mann aus ihm gemacht, obwohl Leo, sein Bruder, manchmal fast an ihm verzweifelt war. Er würde es Leo beweisen.

Mit der linken Hand breitete Tim die Zeitungsausschnitte auf dem Tisch aus. Er sah den ersten an und spürte, wie seine Entschlossenheit nur noch größer wurde.

RICHTER PRENTICE VERURTEILT MÖRDER ZUM TOD

DURCH DEN STRANG. Die Hinrichtung sollte in genau einer Woche stattfinden. Sein großer Bruder würde dann tot sein – in einer Woche.

Richter Prentice auch.

Tim schob die Briefe und Zeitungsausschnitte zu zwei Häufchen zusammen. Er hatte sie in Korea überall mit sich herumgetragen und täglich gelesen. Ein Zeichen aus der Heimat. Aber heute morgen dienten sie ihm dazu, die Nerven und den Mut nicht zu verlieren. Im ersten Stapel befanden sich die hingekritzelten Briefe von Leo, in denen er sich wütend über unbestrafte Verbrecher und zu nachsichtige Gerichte ausließ.

Da Leo ihm nach seiner Verhaftung wegen Mordes nicht mehr schrieb, hatte Granny Ender, eine Nachbarin, ihm den zweiten Stapel geschickt, der bedeutend kleiner war. Es mußte auch für sie schwer gewesen sein, dachte Tim. Wegen ihrer Arthritis konnte sie nicht allzugut schreiben, und sie war nie zur Schule gegangen. Aber sie hatte ihn auf dem laufenden gehalten. Der letzte Zeitungsabschnitt war zwei Tage vor der Ausschiffung aus Korea in Richtung Heimat angekommen. Er enthielt ein Zitat von Richter Prentice:

»Leo Keegan, die Geschworenen haben Sie des vorsätzlichen Mordes an Foster Blanchard für schuldig befunden. Als Sohn Montanas sind Sie aufgewachsen mit der Geschichte der Vigilantes von 1860. Was die Vigilantes damals in unserem Staat leisteten, war nützliche und hilfreiche Arbeit, aber als sie getan war, zogen sie sich zurück, und seitdem regierten hier Recht und Ordnung. Sie nennen sich selbst einen Vigilante. Sie behaupten von sich, nur Ihre Pflicht erfüllt zu haben. Aber, Leo Keegan, Sie sind ein gemeiner Mörder. Sie besitzen keine Achtung und keinen Respekt vor dem Gesetz. Im Namen der Gerechtigkeit verkünde ich das Urteil: Tod durch den Strang . . .«

Weiter konnte Tim nicht lesen. Der Gedanke, daß sein Bruder sterben sollte – der Richter sagte, er habe keine Achtung und keinen Respekt vor dem Gesetz – Leo war grob und hart, vielleicht sogar brutal, aber er war immer ehrlich.

Gestern abend, als er auf der langsam verfallenden Veranda der Keegan-Ranch gesessen hatte, hatte Tim beschlossen, den Richter zu töten. Die Blätter der Bäume bewegten sich vor ihm wie das rote

Tuch des Toreros vor den Augen des Stiers. Tim verscheuchte das Rot der Wut und des Hasses, fuhr in eine Bar und suchte die Adresse des Richters im Telefonbuch heraus.

Kein Eintrag. Über einem Bier dachte Tim nach und rief dann das Büro des Sheriffs an. Den Trick hatte er auch bei der Armee gelernt. Eine Lüge, hätte Leo es genannt. Leo sagte immer, das Allerschlimmste sei ein Lügner.

»Polizeiwache Innenstadt«, sagte er. »Richter Prentice müßte uns einen Durchsuchungsbefehl unterzeichnen, aber im Haus ist niemand. Haben Sie vielleicht eine neue Adresse?«

Einen Augenblick später hatte er seine Antwort. »Nein, gleiche Adresse. Ranch fünfundsechzig, vor der Stadt, an der Bundesstraße 93.«

Wenige Minuten später hatte Tim am Straßenrand angehalten, nur wenige Meter von dem großen Haus entfernt. Richter Prentice war erst berufen worden, nachdem Tim schon zur Armee gegangen war. Vor Leos Verhaftung hatte er noch nie von ihm gehört. Und die Ranch fünfundsechzig hatte jahrelang leergestanden, bis der Richter dann eingezogen war. Nun, sie würde bald wieder leerstehen.

Er wartete. Dann fuhr ein Auto vor dem Haus vor. Ein hochgewachsener Mann stieg aus, zog seinen breiten Stetsonhut ab und enthüllte dichtes, weißes Haar. Er verschwand im Haus. »Deine letzte Nacht daheim, Richter«, flüsterte Tim. Der Mann hatte eigentlich zu jung ausgesehen, um schon so weißes Haar zu haben. Aber das machte es nur einfacher, ihn morgen im Gericht zu erkennen. Er sah sich nur einmal um und fragte sich, ob der Richter wohl Kinder hatte. Tims Mutter war gestorben, als er zehn Jahre alt war, seinen Vater hatte er nie gekannt, und von da an hatte Leo für ihn gesorgt. Der Gedanke beunruhigte ihn ein bißchen. Eine Familie mußte einen Vater haben.

Aber als er jetzt im Zimmer der Richters saß, die Ausschnitte noch einmal las und den 45er in der Hand spürte, verdrängte er diesen Gedanken ein für allemal.

Plötzlich war eine Bewegung vor der Milchglastür zu sehen, ein Schatten schob sich davor. Er hob den 45er und wartete mit gerunzelter Stirn. Der Mann, den er gestern abend gesehen hatte, war sehr groß gewesen. Dieser Schatten schien viel kleiner zu sein.

Eines der Mädchen aus dem verdammten Büro, dachte er.

Die Tür öffnete sich, und Tim richtete den 45er auf die junge Frau.

»Keinen Ton, junge Frau«, sagte er. »Schließen Sie die Tür hinter sich, und seien Sie ganz ruhig. So ist es gut. Kommen Sie an den Schreibtisch, und setzen Sie sich. Ich habe es nur auf Richter Prentice abgesehen. Wenn Sie ruhig sind, passiert Ihnen nichts.«

Sie ging langsam zu dem Stuhl hinter dem Schreibtisch und setzte sich, eine mittelgroße, schlanke Frau, die das dunkle Haar kurz geschnitten trug. Sie hatte große, graue Augen und einen schön geschwungenen Mund, der sich jetzt zu einem überraschten »O« verzog. Sie trug beigefarbene Jeans und eine helle Bluse. In der Hand hielt sie einen Stapel Papiere.

»Heute ist kein Gerichtstag«, sagte sie, die Augen auf den Revolver gerichtet.

»In der Morgenzeitung steht, daß die Verteidigung einen Aufschub der Hinrichtung beantragen will und daß der Richter hier darüber entscheiden wird.« Ihre Augen gefielen ihm. Sie sahen irgendwie silbern aus und verängstigt. Sie trug einen breiten, goldenen Ehering. »Arbeiten Sie hier? Müssen Sie sich da nicht förmlicher anziehen?« Er versuchte, seiner Stimme einen entschlossenen Ton zu geben.

»Die Papiere«, sagte sie, die Augen immer noch auf den Revolver in seiner Hand gerichtet – das einzig ruhige an ihm, dachte er.

»Legen Sie sie auf den Schreibtisch«, sagte er. »Ich möchte nicht, daß Sie sie mir übergeben, wenn der Richter hereinkommt.« Seine Augen flogen von ihr zur Tür.

Sie beugte sich vor und legte die Papiere auf den Schreibtisch des Richters, schob sie über die Schreibunterlage zu einer Radiouhr. Als sie sich in dem großen Stuhl zurücklehnte, stieß sie gegen den Tisch dahinter. Ein kleines, gerahmtes Foto fiel zu Boden.

»Heben Sie es auf«, sagte Tim.

Sie tat es und stellte es wieder auf den Tisch. Es zeigte ein Kind auf einem Pferd.

Tim wünschte sich, sie würde nicht so verängstigt aussehen. Er wollte ihr doch nichts tun. Er sah wieder zur Tür und drehte dann seinen Stuhl so, daß er sowohl sie als auch die Tür im Auge behalten konnte. Er spürte, wie der Herbstwind durch das Fenster hinter ihm strömte.

»Mögen Sie Pferde?« fragte er.

Sie nickte.

»Mein Bruder Leo hatte auch einmal ein Pferd. Es trat nach

unserem Hund, und der Hund biß zurück.« Seine Stimme klang aufgeregt. Verflucht, Leo würde lachen, wenn er ihn hören könnte. Er schluckte. Er konnte immer noch sehen, wie der Hund auf das Pferd losging. Er war eine Kämpfernatur gewesen, dieser Hund. Aber auf der Keegan-Ranch konnten sowieso nur Kämpfernaturen überleben.

Tim haßte diese Erinnerung. »Leo schlug den Hund zu einem blutigen Klumpen zusammen und warf ihn in einen Schuppen.« Er sah, wie sie zusammenzuckte. »Nachts schlich ich mich hin und trug den Hund zu unserer Nachbarin, Granny Ender. Sie war es auch, die mir die Ausschnitte darüber geschickt hat, was Richter Prentice Leo angetan hat. Sie hat den Hund gesundgepflegt und eine neue Familie für ihn gesucht.«

Seine Stimme hallte. Er sah sie an, und sie sah zurück. Ihre Augen spiegelten seinen Schmerz wider. »Es war nicht richtig von mir, den Hund heimlich wegzuschaffen. Leo hätte mich verprügelt. Er konnte Lügen und Unehrlichkeit nicht ausstehen. Aber ich mußte dem Hund einfach helfen. Leo dachte, er sei weggekrochen, um zu sterben.«

Sie antwortete nicht. Tim sah auf den 45er und wieder zur Tür. Er rieb sich den Nacken. Der Wind fühlte sich gut an. Er war trotzdem in Schweiß gebadet. Komisch, daß er ihr von dem Hund erzählte – und daß er Leo gegenüber unehrlich gewesen war. Aber Leos Vorstellungen von Gerechtigkeit waren manchmal . . .

Er sah wieder auf die Uhr. Zwanzig vor neun. Verflucht. Die Zeit wollte überhaupt nicht vergehen.

»Wer sind Sie?« fragte die junge Frau plötzlich. »Wie heißen Sie?«

Tim zuckte nervös zusammen. Mein Gott, es wird immer schlimmer mit mir. »Ich habe Ihnen doch gesagt, daß Leo Keegan mein Bruder ist. Ich bin Tim Keegan. Ich bin gerade von der Armee zurückgekommen, und mein Bruder wird sterben, weil er an einem Mörder Gerechtigkeit geübt hat. Leo hat immer über Gerechtigkeit geredet. Über viel zu milde Gerichte und so.«

»Wenn der Richter nicht kommt?« fragte sie. »Werden Sie mich dann umbringen? Und was ist mit dem Mädchen im Büro am Ende des Gangs?«

»Himmel, nein. Für was halten Sie mich denn? Ich würde doch einer Frau nichts tun. Prentice läßt meinen Bruder nächsten Montag umbringen, und ich will Leo zeigen, daß ich mich darum gekümmert habe.«

»Sie könnten dabei selbst umkommen.«

»Ich werde mich aus dem Staub machen. Ich werde Ihnen nichts tun. Es ist nicht Ihre Schuld. Ich kenne die Berge wie meine Westentasche. Wenn ich ein bißchen Vorsprung habe, werden sie mich nie kriegen.«

Sie saß steif hinter dem Schreibtisch. »Hatte Ihr Bruder nicht schon früher Ärger mit dem Gesetz?«

»O ja. Leo und seine Freunde regten sich furchtbar darüber auf, daß irgend jemand aus dem Gefängnis entlassen wurde. Sie schlugen ihn zusammen. Es gefiel ihnen nicht, was das Gericht beschlossen hatte. Leo sagte, der Mann müsse bezahlen . . .« Seine Stimme wurde leiser. Es hörte sich nicht gut an, wenn er darüber sprach, aber wenn Leo erklärte, dann ergab alles Sinn.

»Sie waren nicht dabei?«

»Nein, ich hatte damit nichts zu tun. Leo sagte, ich wäre ein – ein . . .« Er sah ihr in die Augen. Sie waren weit und ängstlich, aber sie hörte ihm zu. Er sah zur Tür. »Leo sagte, ich wäre ein Feigling.«

Er wußte, daß sie ihn forschend ansah, sein schmales, fast feingeschnittenes Gesicht. »Kein Gesicht für einen Mann«, hatte Leo oft gehöhnt, der grobknochige Leo, der mit seinem langen Gesicht, den aufgestülpten Nasenlöchern und dem mächtigen Körper mehr wie ein Pferd aussah. Sie waren so verschieden, wie man nur sein konnte, er und Leo, und vielleicht war da sogar etwas Wahres dran. Als Ma gestorben war, ließ Leo ihn einfach auf der Ranch aufwachsen, mit den Hunden und was immer sonst am Leben blieb.

Er sah auf die Uhr. Es war fast zehn vor neun. Er packte den Revolver noch fester und sah zur Tür. Seine Hand zitterte.

»Haben Sie schon einmal jemand erschossen?«

»Nein, aber ich ging zur Jagd. Ich kann mit Gewehren umgehen.« Sie sagte nichts, und schließlich höhnte er: »Zur Jagd! Ha! Ich habe es nie fertiggebracht, ein Reh zu schießen. Leo hat mich nur zweimal mitgenommen. Beide Male war ich unfähig zu schießen.« Er zuckte die Schultern. »Leo hat immer jede Menge geschossen, auch wenn wir es gar nicht brauchten. Ich habe immer heimlich Fleisch aus der Kühltruhe genommen und es Granny Ender gegeben. Mann, wenn Leo mich je dabei erwischt hätte!«

»Sie stehen dieser Granny Ender sehr nahe, nicht wahr?«

»Sie ist eine Nachbarin. Eine kleine, alte Frau. Als Kind war ich sehr oft bei ihr, habe ihr Auto für sie repariert und Besorgungen für sie erledigt. Aus Korea habe ich ihr Geld geschickt, damit sie sich Kinder suchen kann, die ihr ein bißchen helfen.«

Und sie sagte immer, ich wäre hundertmal mehr wert als Leo, dachte er. Granny konnte mit Leo nichts anfangen.

»Granny wird über diese Sache hier sehr traurig sein«, sagte sie.

»Ja. Verdammt, ich wäre froh, dieser Richter käme endlich. Ich bin gestern abend bei seinem Haus gewesen und habe ihn mir angesehen. Hochgewachsen, weißes Haar.«

»Weshalb haben Sie ihn da nicht umgebracht?« Plötzlich lag etwas in ihren Augen, das er nicht lesen konnte. Angst? Aber die war doch schon die ganze Zeit da. Oder gab es mehr als nur eine Art von Angst?

»Weil ich wollte, daß er hier stirbt, hier, wo er Leo verurteilt hat. Leo wußte, daß Blanchard mit dem Mord davonkommen würde. Er schrieb: ›Dieser Typ ist ein hohes Tier. Sie werden ihn laufenlassen.‹ Und wie konnte es anders sein, in dem letzten Ausschnitt, den Leo mir schickte, bevor er Blanchard tötete, heißt es, daß am zweiten Verhandlungstag Richter Prentice befand, daß die Untersuchung fehlerhaft durchgeführt worden sei, wegen irgendeiner Kleinigkeit, und daß die Verhandlung damit beendet sei. Blanchard war frei.«

Wieso rede ich bloß so viel, fragte er sich. Sie hört zu, und ich erzähle. Meine Güte, ich habe solche Angst. Er sah wieder zur Tür. Jetzt zitterten beide Hände.

Er packte den Revolver fester. »Der Ausschnitt sagt, daß der Richter aufgrund einer Entscheidung des Obersten Gerichtshofes die Verhandlung wegen fehlerhafter Untersuchung beendete. Und Blanchard kommt mit einem Mord davon!« Er schaubte verächtlich. »Leo konnte sich immer aufregen, wenn irgendwelche Kleinigkeiten derart ausgenutzt wurden.«

»Kann ich den Ausschnitt einmal sehen?«

»Aber ganz vorsichtig«, sagte er, als er ihn ihr reichte. »Keine schnelle Bewegungen.«

Sie las, sah ihn einen langen Augenblick an und gab ihm dann den Zeitungsausschnitt zurück. »Sie bewundern Leos Ehrlichkeit«, sagte sie. »Er hat Sie geschlagen, wenn er Sie bei Lügen oder Heimlichkeiten ertappte. Er regte sich auf, wenn Gesetzesbrecher von Lücken im Gesetz und so weiter profitierten.«

»Stimmt!«
»Weshalb, glauben Sie, ist dieser Zeitungsausschnitt zusammengeklebt?«
»Wahrscheinlich weil er in der Zeitung auf zwei verschiedenen Seiten stand.«

Ihre Augen waren dunkel vor Angst, aber sie hielten seine mit festem Blick gefangen. »Warum sichern Sie den Revolver nicht, Tim? Er könnte aus Versehen losgehen.«

Er sah zur Tür. »Gut, aber nur, weil Sie Angst davor haben.« Er hatte auch Angst davor, gestand er sich ein, als er mit zitternder Hand den Revolver sicherte.

»Ihr Bruder hat Angst vor dem Hängen«, sagte sie. »Er sucht verzweifelt nach jeder Lücke im Gesetz, nach jedem kleinen Fehler in der Untersuchung und in der Verhandlung. Er versucht verzweifelt, aus irgendeinem Grund freizukommen. Die Gnade und die Nachsicht, die er immer bekämpfte, arbeitet im Augenblick zu seinen Gunsten. Es wurde Berufung eingelegt, und auch wenn der Hinrichtungsaufschub nicht gewährt wird, wird Leo nicht am Montag sterben, eben wegen der Berufung.«

Aber Tim mußte an ihre frühere Bemerkung denken. »Warum fragten Sie nach der zusammengeklebten Stelle?«

»Sie wurde auseinandergeschnitten. Ihr Bruder hat Ihnen nur den Teil geschickt, den er zur Rechtfertigung seines Mordes brauchen konnte. Die Untersuchung *wurde* fehlerhaft durchgeführt, die Verhandlung *wurde* abgesetzt, aber Blanchard wurde *nicht* freigesprochen. Ein neuer Verhandlungstermin wurde angesetzt, bloß hat Blanchard den nicht mehr erlebt. Er wurde nur auf Kaution entlassen, und dann hat Ihr Bruder ihn niedergeschossen.«

»Aber die fehlerhafte Untersuchung . . .«

»Der Richter las die Zeugenliste am Abend nach Verhandlungsbeginn.« Sie beugte sich vor und sagte mit sehr ernster Stimme: »Durch ein Versehen war ein Hilfssheriff, der als Zeuge der Anklage fungierte, auch als Gerichtsdiener bestellt worden. Es hatte schon einmal einen ähnlichen Fall gegeben – der Staat Louisiana gegen Turner. Die Verhandlung mußte von vorn beginnen. Ein Zeuge darf keinen engen Kontakt zu den Geschworenen haben.«

Tim starrte auf den unvollständigen Zeitungsausschnitt, den Leo ihm geschickt hatte, ehe er sein Gewehr nahm und loszog, um einen Mord zu begehen.

»Dann – dann hat Leo – gelogen? Er hat mich angelogen?« Er sah wieder auf den Zeitungsausschnitt, der so sorgfältig ausgeschnitten und wieder zusammengeklebt worden war, um genau das zu sagen, was Leo wollte, und genau das auszulassen, was Leo nicht in den Kram paßte.

»Mehrere Polizeibeamte sind der Meinung, daß Blanchard unschuldig war. Sie untersuchen den Fall immer noch.«

»Wieso? Er ist tot. Was hilft das jetzt noch?«

»Er hatte eine Familie.«

Tim wandte sich von ihr ab. Er wollte das nicht hören. Es ging gegen den Entschluß, den er letzte Nacht gefaßt hatte. Die Entscheidung schien jetzt verzerrt und rot wie Blut und so brutal und gewalttätig wie das Leben auf der Keegan-Ranch. Leos Leben. Leo, der log, um einen Mord zu rechtfertigen. Sie sahen einander an. »Tim, Sie brauchen Leo überhaupt nichts zu beweisen«, sagte sie. Ihre Augen wirkten jetzt hart. »Sie sind nicht so wie Leo. Sie können nicht töten. Sie haben hier eigentlich nichts zu suchen, und das wissen Sie auch.«

Tim sah sie an, wie sie schlank und gerade in ihrem Stuhl saß, voller Autorität. Dann sah er auf das Foto mit dem Kind auf dem Pferd. »Ihr Kind?« fragte er.

»Ja.«

»Der Typ am Haus mit den weißen Haaren – Ihr Mann?«

»Ja.« Sie sah jetzt nicht mehr verängstigt aus.

»Sie sind Richter Loren Prentice?«

Sie nickte.

»Teufel«, sagte Tim. Er legte den 45er auf den Schreibtisch. »Das einzig Anständige an Leo war seine Ehrlichkeit. Aber er hat sogar über seine Ehrlichkeit gelogen.«

Sie sah an Tim vorbei zum Fenster. »Es ist gut, Tim, daß Sie den Revolver weglegen, denn zwei Minuten, nachdem ich die Papiere auf den Tisch legte, waren Sie ein toter Mann. Ich habe den Alarmknopf gedrückt, und hinter Ihnen steht der Sheriff.«

Tim wirbelte herum, als ein großer Mann durch das niedrige Fenster in den Raum stieg. »Richter Prentice hat Sie am Reden gehalten, Junge, und Sie haben gut geredet. Ich konnte Ihnen nicht die Waffe aus der Hand schießen, weil Sie mir den Rücken zudrehten – und ein entsicherter 45er in den Händen eines so nervösen Jungen macht alles ziemlich heikel. Ich bin froh, daß Sie ihn weggelegt haben.«

Richter Prentice lehnte sich im Stuhl zurück, der wie für sie gemacht war, dachte Tim. »Das Gericht wird Ihnen eine faire Verhandlung geben, Tim«, sagte sie. »Und Leo auch. Mein Urteilsspruch in seinem Fall ist mir nicht leichtgefallen. Es ist niemals leicht zu beschließen, daß ein Mann den Tod verdient.«

Der Sheriff nahm Tim am Arm. »Leo hat noch viele Berufungen vor sich, Sohn. Er wird den Henker wahrscheinlich überleben. Aber Ihnen wäre das fast nicht gelungen.«

Originaltitel: STAY OF EXECUTION. 6/81.

Talmage Powell

Rollentausch

Ich mochte meinen Onkel Dudley Gillam sehr. Aus keinem besonderen Grund. Er war zwar mein einziger Blutsverwandter, aber das mußte nicht unbedingt etwas mit meinen Gefühlen zu tun haben. Andere Leute sprechen mit Schaudern von ihren Anverwandten, aber meine Erinnerungen an Onkel Dudley waren immer sehr angenehm. Er liebte das Leben, er war freundlich, warmherzig und hilfsbereit. Er war ein Mensch, den man einfach mögen mußte, und ich mochte ihn. Das war alles. Dieses Gefühl war beidseitig. Er drückte es zwar nie in Worten aus, aber ich hatte keinerlei Zweifel daran, daß ich an der Spitze seiner Liste von Lieblingspersonen stand.

Nachdem er sich bei der Eisenbahn pensionieren ließ, sahen wir uns nur noch selten. Er war Lokomotivführer, bis das Alter ihn dazu zwang, die großen Diesel aufzugeben. Er war ein drahtiger kleiner Mann, der die Züge durch die Nacht jagte.

Diese beweglichen Jahre hatten die Ruhelosigkeit in ihm manifestiert. Er war ständig unterwegs. Er fuhr südlich nach Florida, dann wieder nach Norden, nach Wyoming, nach Kalifornien. Ab und zu fiel er in Las Vegas ein und zog sich dann verkatert und pleite nach Corpus Christi zurück, um wieder trocken zu werden.

Wie blieben immer in Verbindung. Er tippte seine Briefe an mich auf einer tragbaren Schreibmaschine mit einer kaputten Type und immer grauem Farbband und unterschrieb sie mit seinem großzügigen Schnörkel. Die Grammatik war zwar etwas fragwürdig, aber die Beschreibungen immer überaus farbig. Wenn er erzählte, wie auf einer Fahrt durch die Wüste der Kühlerschlauch platzte, konnte man das Wasser zischen hören.

Er liebte es, die unmöglichsten Postkarten von den unmöglichsten Orten zu schicken. An meinem Geburtstag enthielt ein Brief einen Zwanzigdollarschein für den Fall, »daß du mit einem süßen Mädchen in eine kuschelige Bar und so weiter gehen möchtest. Viel Erfolg, Onkel Dud.«

Ich schrieb immer zurück, wobei ich die Einzelheiten meines langweiligen Junggesellenlebens so weit wie möglich ausschmückte. Zu Weihnachten versuchte ich immer, ihm etwas Besonderes zu schicken – nicht unbedingt teuer, aber etwas, das ich mit Sorgfalt ausgesucht hatte. Eine Wellington-Pfeife, wie er sie liebte, oder einen besonders lässigen, weitgeschnittenen Pullover.

Da er ein Herdenmensch war, überraschte es mich nicht, daß er auch ein überaus weiches Herz hatte. Er fand immer einen Dollar für den alten Penner mit den rotgeränderten Augen und der durstigen Kehle. Er ging nie an einer Sammelbüchse der Heilsarmee vorbei, und bei seinen seltenen Besuchen einer Kirche vergaß er nie, etwas in die Büchse für die Armen zu werfen. Ab und zu hängte sich irgend jemand für eine Zeitlang an seine Fersen. Eine alte Prostituierte zum Beispiel, ein Junge, der gerade aus dem Gefängnis entlassen wurde, ein in Salinas gestrandeter Wanderarbeiter und so weiter. Oder jemand wie Odus Calhoun, den Onkel Dudley als Pechvogel bezeichnete.

»Ein geborener Verlierer«, schrieb Onkel Dudley. »Ein Typ, für den das Schicksal immer die Stirn runzelt – das ist Odus Calhoun. Er hat sein ganzes Leben lang hart gearbeitet, hat immer seine Steuern gezahlt, hat nie ein Gesetz gebrochen. Und was hat Pechvogel davon gehabt? Er ist total am Boden zerstört. Die Frau tot, die drei Kinder erwachsen und überall verstreut, und keiner, der sich um ihn kümmert.

Wenn Pechvogel über die Straße geht, wird er fast überfahren. Ein Hund läuft ihm nach, er nimmt ihn bei sich auf, und wenn Pechvogel ihn das erstemal wieder aus dem Haus läßt, kommt der Hundefänger vorbei und aus der Traum. Das letzte Auto, das er sich kaufte, war geklaut. Er löste seinen Scheck vom Sozialamt ein und wurde vor einem Polizeirevier überfallen. Wenn er eine Goldmine erben würde, würde ein Erdbeben die Ader schon am nächsten Tag in den Erdmittelpunkt reißen, da, wo es am heißesten ist.«

Aus späteren Briefen erfuhr ich, daß Pechvogel sich zum Mädchen für alles, Koch, Kammerdiener, Freund und Vertrauten, entwickelt hatte. »Er verdient sich sein Essen mehr als genug«, schrieb Onkel Dudley. »Und es ist schön, jemanden um sich zu haben. Er kann absolut nicht Schach spielen, und so erlebe ich endlich mal die Freude, gewinnen zu können.«

Es schien ein gutes Arrangement zu sein. Onkel Dudley schirmte Pechvogel vor dem drohenden Auge des Schicksals ab, und als Gegenleistung gewann er einen Gefährten in der Einsamkeit seines Wanderlebens.

Aber dieses schöne Zusammenleben fand schon relativ schnell ein Ende. Vor drei Jahren teilte Onkel Dudley mir das traurige Ereignis mit.

»Ich habe meinen Freund verloren. Wir waren im Campingbus nach Los Angeles unterwegs. Auf einem Campingplatz bei Yuma übernachteten wir, und am nächsten Morgen konnte ich ihn nicht wecken. Der Polizeiarzt sagt, daß er sanft im Schlaf gestorben ist, einfach an müdem Herzen. Ich habe ihn anständig begraben und seinen Dufflecoat nach den Adressen der Kinder durchsucht, aber sie nicht gefunden. So werden sie wohl nie erfahren, wie ihr armer alter Vater gestorben ist.«

Er erwähnte Pechvogel nie wieder, und ich respektierte seinen Wunsch, die schmerzende Wunde nicht anzurühren.

Vor zwei Jahren tat sich etwas Neues in unserer Korrespondenz. Statt zwanzig fielen einhundert Dollar aus einer seiner üblichen Grußkarten. »Ich habe ein bißchen Geld dahin gesteckt, wo mehr zu holen ist«, erklärte er. »Also finde dieses Mal ein wirklich süßes Mädchen und eine wirklich kuschelige Bar.«

Mein letzter Geburtstag brachte mir einen Blankoscheck mit der Unterschrift von Onkel Dudley. »Laß die Kirchen im Dorf, Neffe, aber falls du davon träumen solltest, in einem kleinen Sportwagen die Straßen unsicher zu machen, dann leg los. Herzlichen Glückwunsch.«

Natürlich reizte sein wachsender Wohlstand meine Neugier, aber er schrieb keine Einzelheiten über seine finanziellen Angelegenheiten, und ich unterdrückte höflich das Bedürfnis, nachzufragen. Ich gab mich mit der Vermutung zufrieden, daß er wahrscheinlich Anfängerglück an der Börse habe. Seine Geschäfte machten ihn jedoch nicht seßhaft. Er sprang immer noch wie ein Floh kreuz und quer über die Landkarte.

Sein letzter Brief lautete: »Viele Grüße aus dem heißen, staubigen New Orleans. Will jetzt nach Asheville, North Carolina, um ein bißchen frische Sommerluft zu schnappen. Schreib mir nach Chilton, Great Smokies, Suite Charnot.«

Seine Pläne boten mir die Chance, ihn zu besuchen. Mein Urlaub stand kurz bevor, und der Besitzer der Konstruktionsfirma, für die ich arbeitete, wollte seiner Tochter, die in Atlanta das College besuchte, einen Porsche schicken. Den Schutzhelm in der Hand, ging ich ins Büro meines Chefs und unterbreitete ihm meinen Vorschlag. Er fand die Idee gut, gab mir die Autoschlüssel, schlug mir freundschaftlich auf die Schulter und blätterte mehr als genug Geld hin, um die Kosten für die Fahrt zu decken.

Von Atlanta sind es mit dem Flugzeug nur ein paar Minuten bis nach Asheville, und ich kam, nachdem ich den Porsche abgeliefert hatte, an einem herrlich frischen Tag dort an. Ich mietete mir ein Auto und fuhr etwa zehn Kilometer auf der vierspurigen Schnellstraße nach Norden, verließ die Schnellstraße, suchte meinen Weg westlich inmitten des hektischen Stadtverkehrs und gelangte schließlich auf eine von Bäumen überschattete Bergstraße. Täler, Berge und die Umrisse von Asheville waren weit hinten zu sehen. Eine letzte Kurve, und die Great Smokies kamen in Sicht.

Der Traum eines Architekten. Ich pfiff leise vor mich hin. Das weitausladende Hauptgebäude mit der Bar wirkte freundlich und einladend. Von ihm aus zogen sich schmale Wege in alle Richtungen, die zu kleinen Privathäusern führten, die versteckt in der hügeligen Landschaft lagen. Leute nahmen Sonnenbäder, schwammen und vergnügten sich am Ufer eines kristallblauen Bergsees. Auf den Tennisplätzen hatten einige Spieler ihr Spiel unterbrochen und sahen dem faszinierenden Kampf zweier bronzefarbener Riesen zu. Dahinter konnte ich zwei Reiter sehen, die in gemächlichem Trab einen steilen Bergpfad hinaufritten. Ich verlangsamte meine Fahrt, um zwei Golfspieler, die langsam mit ihren Karren in Richtung Golfplatz unterwegs waren, nicht zu erschrecken.

Ein Mercedes SEL fuhr vom Parkplatz neben der Bar, und ich lenkte mein Mietauto in die Lücke.

Ich stieg aus und sah mich um. Eine kleine Tafel über der Tür des nächsten Privathauses zog meine Aufmerksamkeit auf sich. AIN. Ains nächster Nachbar verkündete den Namen BRAUN.

Ich dachte mir, daß das dritte Haus Charnot sein müßte, Onkel Dudleys augenblickliches Domizil.

Ich brannte vor Neugier, etwas Näheres über Onkel Dudleys späte Finanzkünste zu erfahren, die es ihm erlaubten, an Orten wie diesem hier die Sommerluft zu genießen. Aber am meisten brannte ich darauf, ihn zu sehen. Mir war ein bißchen schwindlig, als ich auf das Haus zueilte, und dieses Gefühl kam nicht nur von der ungewohnten Höhenluft.

Ich sah auf der kleinen Tafel nach, ob ich richtig geraten hatte. Ich hatte. Als ich auf die Tür zutrat, öffnete sie sich. Eine junge blonde Frau in einem ärmellosen weißen Kleid erschien. Sie war sonnengebräunt und so schön, daß ich sie einen Augenblick lang blinzelnd anstarrte.

»Hallo«, sagte ich. Eine sehr orginelle Bemerkung.

Sie sagte nichts, sondern sah mich nur mit ihren kühlen, grünen Augen an. Ich war sicher, daß sie gesehen hatte, wie ich auf das Haus zueilte, und daß sie mir gleich sagen würde, ich solle verschwinden.

»Ich bin Jeremy Fisher«, sagte ich. »Ich wollte meinen Onkel besuchen.«

»Jake-o!« sagte sie mit einem plötzlichen Lächeln und benutzte den Namen, den Onkel Dudley mir gegeben hatte. Ihre grünen Augen wurden warm. »Ich hätte dich nach den Fotos erkennen sollen, die Dudley von dir hat.« Sie streckte mir die Hand hin. »Komm rein, Jeremy!«

Ich betrat Charnot, das wie die Residenz eines wohlhabenden Sportlers wirkte. Ein großes Wohnzimmer mit warmer Holztäfelung war mit bequemen Sesseln und einer gemütlichen Couch möbliert, Tischen und einer Bar aus Eiche und einem Kamin, der sehr eindrucksvoll war. Die Decke war gewölbt und wurde von massiven Balken gehalten. Eine Treppe aus massiver Eiche schwang sich zu einer Galerie um das Wohnzimmer. Von ihr aus gingen die Schlafzimmer ab. »Hübsch, nicht wahr?« sagte sie.

»Sehr.«

»Willst du etwas trinken?«

»Gegen einen Scotch hätte ich nichts einzuwenden.«

Ihre Beine und das Wiegen ihrer Hüften auf dem Weg zur Bar waren sehenswert. Onkel Dudley suchte sich wirklich immer das Beste aus.

»Ich bin Amanda«, sagte sie.

»Guten Tag, Amanda. Kennst du Onkel Dudley schon lange?«

Sie warf mir einen Blick zu, überlegte, wog meine Worte ab und suchte nach eventuell dahinter versteckten Anspielungen. »Seit fast einem Jahr. Und die Lage ist so, wie du es dir vorstellst. Ich mag Dudley, und er mag mich. Wir reisen herum und haben Spaß.«

»Glückliche Leute.«

»Außerdem bin ich eine sehr gute Sekretärin und Organisatorin. Es ist also nicht nur so, daß sich ein reicher alter Mann eine dumme blonde Puppe gekauft hat.«

»Das glaube ich, und ich mag deine Offenheit.«

»Nur damit wir wissen, woran wir miteinander sind, Jake-o.«

Ich nahm den Drink, den sie mir reichte, und sah ihr zu, wie sie sich selbst einen kleineren mixte. Aus Höflichkeit, es war keineswegs der Drink eines richtigen Trinkers.

»Es wäre besser gewesen, du hättest uns vorher von deinem Kommen unterrichtet. Dudley wird so enttäuscht sein.«

»Ist er nicht da?«

Sie schüttelte den Kopf. »Er ist heute morgen nach Miami gefahren. Er trifft sich dort geschäftlich mit ein paar Leuten. Ich wollte hier nur noch ein paar Sachen erledigen, dann fahre ich ihm nach.«

Die Enttäuschung war mir wohl anzusehen.

Sie berührte meine Hand und sagte weich: »Es tut mir leid, Jeremy.«

»Nun . . .« Ich zuckte die Schultern. »Wahrscheinlich war es einfach dumm von mir, ihn so überraschen zu wollen.« Ich trank meinen Scotch aus.

Sie nahm mein Glas und stellte es auf die Bar. »Nein, es war eine sehr nette Idee.«

Wir gingen auf die Tür zu. Sie reichte mir zum Abschied die Hand. »Ich wünsche, ich hätte mehr Zeit, Jake-o, aber Dudley hat nun einmal die Angewohnheit, mir die Aufgabe zu überlassen, in letzter Sekunde alles Mögliche zu erledigen. Mein Arbeitsplan ist furchtbar gedrängt.«

»Erzähl ihm, daß ich dagewesen bin, Amanda.«

»Natürlich. Er wird dir sofort schreiben, das weiß ich.«

Ich trabte enttäuscht zu meinem Auto, stieg ein und wollte gerade den Motor anlassen, als mir einfiel, daß ich so schnell aus der Tür herauskomplimentiert worden war, daß ich gar nicht wußte, wo Onkel Dudley in Miami abgestiegen war. Schließlich hatte ich Urlaub. Warum sollte ich ihn nicht dort besuchen?

Ich stieg wieder aus und ging zum Haus zurück. Ich wollte gerade klingeln, als ich Amandas zornige Stimme hörte.

»Ja, du schuldest mir eine Erklärung, Dudley! Du hast mir mindestens ein dutzendmal gesagt, daß, wenn Jeremy jemals auftauchen sollte, ich ihm sagen sollte, daß du nicht da seist. Du hast es mir im wahrsten Sinne des Wortes eingehämmert. Warum? Die Briefe, die du ihm schreibst, sind so warm und liebevoll. Da sollte man doch annehmen, daß du . . .«

Eine männliche Stimme grunzte etwas, das ich nicht verstehen konnte.

»Unter den gegebenen Umständen ist es auch meine Sache«, sagte sie dann.

Die männliche Stimme klang jetzt grimmig. »Amanda, ich schulde dir weder eine Erklärung noch sonst etwas. Du bist schön, aber Schönheit gibt es noch öfter in diesem Land. Wenn dir das Leben gefällt, das wir zusammen haben, dann laß mich jetzt in Ruhe.«

Ihre Stimme wurde sanft, während ich wie erstarrt dastand. Was ging hier vor? Warum versteckte Onkel Dudley sich vor mir?

Ich packte den Türgriff, drehte und öffnete nach einem kurzen Zögern die Tür.

Amanda wirbelte so schnell herum, daß ihr blondes Haar flog und sie fast auf dem Teppich gestolpert wäre. Um sie herum standen Koffer, die Onkel Dudley und sie in den letzten paar Minuten aus dem Schrank geholt haben mußten.

»Ich möchte wissen . . .«, fing ich an.

Ich sah das ängstliche Zucken in ihren Augen, als ihr Blick sich auf etwas hinter mir richtete. Ich hörte eine Bewegung. Er benutzte eine schwere Messinglampe, die auf einem Tischchen neben der Tür stand. Der Schlag trieb mir fast die Augen aus dem Kopf.

Ich kam wieder zu mir. Mein Kopf dröhnte, und der Geschmack des Scotchs brannte in meiner Kehle. Ich kroch stöhnend über den Teppich, kämpfte mit einem Stuhl und zog mich schließlich hoch.

Ich drehte den Kopf und sah mich benommen um. Sie hatten die Tür hinter sich zugemacht. Die Koffer waren verschwunden. Die Messinglampe lag auf dem Boden. Ich sah auf meine Uhr. Ich war fast eine Stunde bewußtlos gewesen.

Der kleine, aber moderne Flughafen von Asheville war sehr geschäftig. Leute standen Schlange an den Schaltern, schlenderten durch den geräumigen Wartesaal oder saßen lesend in Sesseln.

Durch eine Lücke in der Menge sah ich Sonnenlicht auf blondem Haar aufglänzen. Ich trat einen Schritt zur Seite, um die Passagiere eines gerade gelandeten Flugzeugs zur Gepäckausgabe durchzulassen.

Amanda und ein unbekannter Mann standen am anderen Ende

der Wartehalle, an einem der großen Fenster, die auf die Landebahn hinausgingen.

Amanda sah aus dem Fenster, der Mann auf die Uhren an der Wand. Er wartete ganz offensichtlich nervös darauf, daß ein bestimmter Flug ausgerufen wurde.

Er war hochgewachsen, dünn und leicht vornübergebeugt, und er hatte das Aussehen eines traurigen Hundes. Sein Haar war grau und dünn. Er trug elegante blaue Hosen und ein Sportjackett, aber trotz der teuren Kleidung wirkte er irgendwie ärmlich.

Er sagte etwas. Amanda nickte, ohne ihn anzusehen. Er ging durch die Halle, und ich trat wieder zur Seite, hinter eine Gruppe von Leuten, die mich vor seinen Blicken verbarg. Als er den Gang zu den Ticketschaltern erreichte, war er aus meiner Sicht.

Ich folgte ihm. Eine Tür schloß sich gerade. Auf ihr stand nur ein Wort: »Herren«.

Ich ging hinein. Er war allein. Er stand an einem der Waschbecken, nahm eine Tablette aus einem Röhrchen und schluckte sie mit Wasser aus einem Plastikbecher.

Als er den Kopf hob, sah er mich im Spiegel hinter sich stehen. Er hielt abrupt mitten in der Bewegung inne. Er hielt sich am Waschbecken fest. Sein ohnehin graues Gesicht nahm eine aschfarbene Tönung an.

»Hallo«, sagte ich. »Ich bin's, Jeremy. Und da Amanda dich als Dudley Gillam kennt, mußt du wohl mein Onkel sein.«

Er ließ den Kopf sinken.

»Wer bist du?« fragte ich. »Könnte es sein . . .« Ich hielt den Atem an. »Wer wurde vor drei Jahren in Yuma begraben? Pechvogel Calhoun? Oder Dudley Gillam, mit einem Totenschein, der auf den Namen Calhoun ausgestellt war?«

Er drehte sich um. Seine Mundwinkel zuckten. »Ich schwöre dir, daß er eines natürlichen Todes gestorben ist, Jeremy. Ich hätte deinem Onkel kein Haar krümmen können. Er war der beste Freund, den ich je hatte.«

Wir schwiegen beide. Das Schweigen wurde nur vom Tröpfeln einer lecken Toilette unterbrochen.

»Wahrscheinlich hast du an dem Morgen, an dem Dudley Gillam tot im Campingbus lag, erst einmal eine Weile nachgedacht«, sagte ich. »Erst die Idee, dann der Kampf gegen die Versuchung, und dann das Nachgeben. Du wußtest, daß er nur einen einzigen

Verwandten hatte, einen Neffen namens Jeremy Fisher. Dudley war ein Wandervogel, und es schien kein einziges Hindernis für dich zu geben. Du mußtest ihn nur als Pechvogel Calhoun in einer Stadt begraben, in der niemand ihn oder dich kannte, und dann seinen Platz einnehmen. Nachdem du einmal seine einfache Unterschrift gelernt hattest, gehörte seine Rente, sein Bankkonto und all sein irdischer Besitz dir. Du konntest dem nie gesehenen Neffen weiterhin die Art Briefe schreiben, die Dudley immer geschrieben hatte. Du mußtest nur dafür sorgen, daß du dem Neffen immer einen Schritt voraus warst, dann warst du sicher. Habe ich recht?«

Er sah mich mit blutunterlaufenen Augen an. »Ja, du hast recht, Jeremy.«

»Also was, Pechvogel? Wo kam das Geld her? Das große Geld.«

»Wie das Leben eben so spielt«, sagte Pechvogel. »Ich glaube, ich habe das Pech damals in Yuma begraben. Von der Wiege bis zu diesem Grab hatte ich immer nur Pech, aber als ich mit dem Bus Yuma verließ, ließ ich das Pech hinter mir. Ich kam mir vor wie ein neuer Mensch – wie ein selbstbewußter Dudley Gillam, und ich verhielt mich wie ein neuer Mensch.«

Er drehte sich um. Es war keine Bewegung, die ich fürchten mußte. Das einzige, was er je befürchtet hatte, das einzige, wovor er Angst gehabt hatte, war eingetreten. Er ließ Wasser laufen, zog ein Papierhandtuch aus dem Halter und rieb sich damit das graue Gesicht ab.

»Früher hat sich alles für mich immer zum Schlechten gewandt«, fuhr er fort. »Aber als ich mich begraben hatte, begegnete ich all dem Glück, das bisher immer vor mir fortgelaufen war.«

Er warf das nasse Handtuch in den Mülleimer. »Dudley hatte dreitausend Dollar auf einem Sparbuch, das war sein ganzer Besitz, bis auf die Rentenzahlungen und den Bus. Ich machte in einer Glückssträhne beim Würfeln in Vegas zwanzigtausend aus den dreitausend. Fuhr nach Phoenix und gewann beim Pferdewetten hundertfünfzig Morgen Land von einem Typ. Es war wertloses Wüstenland, aber drei Monate später kam ein Regierungstyp zu mir. Er hatte mich über die Nachsendeadresse als Dudley Gillam aufgespürt. Zuerst war ich wie versteinert vor Angst, aber er wollte das Land kaufen, für die Regierung, für eine Versuchsstation für Sonnenenergie.«

»Wieviel?« fragte ich.

»Tausend Dollar pro Morgen. Er war begeistert, daß er es so billig bekommen konnte.«

»Aber selbst hunderttausend Dollar garantieren keinen langen Lebensabend in Spielgründen wie Miami und den Great Smokies.«

»Damit hast du recht. Aber in Fort Worth traf ich auf einen Ölsucher, der gerade aus Venezuela kam.

Kleinere Schwierigkeiten, Guerillakämpfe und so weiter hatten ihn bankrott gemacht, und er brauchte dringend Geld. Er suchte einen Partner, damit er wieder zurückgehen und die Bohrungen beenden konnte.«

»Und natürlich hast du dich eingekauft, und die Quelle sprudelt?«

»Wie Wasser aus einer Leitung«, sagte Pechvogel Calhoun.

»Wieviel bist du jetzt wert?«

»Ich bin mir nicht ganz sicher. Wahrscheinlich könnte ich meinen Anteil für fünf oder sechs Millionen verkaufen.«

Ich hielt den Atem an.

»Jetzt, wo du es weißt . . .« Er richtete sich langsam auf. Er bekam wieder Kontrolle über den schuldbewußten Ausdruck seiner Augen. Seine Lippen wurden hart. »Was jetzt? Ich schulde dir dreitausend Dollar plus die Zinsen darauf, ein paar Rentenzahlungen und die Zinsen dafür. Ich habe nur ein einziges Gesetz gebrochen, indem ich jemanden unter falschem Namen begrub. Jemanden, der eines natürlichen Todes gestorben war, wie der Polizeiarzt in Yuma bestätigte. Gegen mein Geld würdest du nie gewinnen, falls du vor Gericht gehen würdest.«

Der Gedanke, gegen seinen Reichtum anzukämpfen, brachte mein Gehirn auf Hochtouren.

Nur er und ich kannten die Wahrheit. Selbst für Amanda war er Dudley Gillam. Er war Dudley Gillam, und ich war sein einziger Erbe.

Ich war mir völlig sicher, daß er kein Testament gemacht hatte, in dem ich als Erbe ausgeschlossen wurde. Sein unterbewußtes Schuldgefühl hätte so etwas nicht zugelassen. Und selbst wenn es ein Testament gab, konnte es vernichtet werden. Wenn genug Geld im Spiel ist, läßt sich immer ein Weg finden.

Ich verzog meine Lippen zu einem reuigen Lächeln. »Die Wiedervereinigung ist ein bißchen anders, als ich sie mir vorgestellt hatte, Onkel Dudley.«

»Heißt das, daß du mitspielen wirst?«

Ich nickte. »Warum nicht? Was hätte es schon für einen Sinn, gegen dich zu kämpfen? Ich ziehe den Hut vor dir. In vieler Hinsicht bist du dem Mann ähnlich, den du in Yuma begraben hast.«

Und dem Mann, den ich in Miami begraben werde, dachte ich. Ein sauberer kleiner Unfall. Vielleicht eine Überdosis seiner Medizin. Oder ein Krampf, wenn er im Meer schwamm. Oder ein unglücklicher Sturz die Treppe hinunter. Unfälle passieren so oft, vor allem in seinem Alter.

»Du mußt dich nicht länger vor mir verstecken, Onkel Dudley.«

Als wir zusammen zu Amanda gingen, legte ich den Arm um seine Schultern. Die Berührung war nur leicht, aber er würde bald merken, daß damit das Pech ihn wieder anrührte, daß größte Pech seines Lebens.

Originaltitel: A WAY WITH A WILL. 4/81

Robert Lopresti

Die lieben Verstorbenen

»Nein, danke«, sagte ich bestimmt. »Ich weiß, es klingt kleinlich, aber ich bin noch zu jung zum Sterben.«

Onkel Wilbur zog eine Grimasse, ein sicheres Zeichen dafür, daß er jemanden für ein bißchen beschränkt hielt. Er zieht oft eine Grimasse, wenn ich dabei bin.

»Ich habe nicht vom Sterben geredet, Roger.«

»Du hast davon geredet, daß ich ein Geist werden soll. Ich kenne nur einen Weg, diesen Zustand zu erreichen.«

»Nicht ein Geist *sein*. Einen Geist spielen – nur für eine Stunde.«

»Ich glaube, du erklärst mir das besser etwas genauer, Onkel.«

Wir gingen im Park des herrschaftlichen Hauses spazieren, das meiner Tante und meinem Onkel gehörte und in dem ich, ihr einziger lebender Verwandter, in Luxus lebte. Onkel Wilbur, ein älterer Herr von fast beleidigend guter Gesundheit, ging in seinem üblichen Tempo, also viel zu schnell für mich.

Er verlangsamte seinen Schritt einen Augenblick, um mich anzusehen: »Du kennst doch meine Sekretärin, nicht wahr, Roger?«

»Annie? Ja, natürlich.« Sie war etwa ein oder zwei Jahre jünger als ich und außerordentlich attraktiv. Ich hatte sie letztes Jahr, kurz nachdem sie angefangen hatte, zu einem Skiwochenende eingeladen. Ihre Ablehnung war so kalt und unwiderruflich gewesen, daß ich ihr seitdem aus dem Weg ging.

»Annie hat meinen Heiratsantrag angenommen.«

»Tatsächlich? Das ist ja eine wunderbare Neuigkeit.« Ich meinte es ernst. Es war wirklich wunderbar zu wissen, daß sie mich nicht aus persönlichen Gründen abgelehnt hatte, sondern weil sie hinter einem größeren Fisch her war. Natürlich war sie mehr als dreißig Jahre jünger als Wilbur, aber so etwas sagt ein vernünftiger Mann natürlich nicht zu seiner einzigen Einkommensquelle.

»Aber, Onkel. Mir fällt da gerade etwas ein. Was sagt denn Tante Sarah zu dieser Nachricht?«

»Nicht viel Gutes, Roger. Sie weigert sich, in eine Scheidung einzuwilligen, und will Himmel und Hölle in Bewegung setzen, falls ich mich trotzdem scheiden lasse.«

Ich nickte traurig. »Und sie setzt immer ihren Willen durch.«

»Deshalb bitte ich dich um deine Hilfe.«

Ich fühlte mich ein bißchen unbehaglich. Ich war für niemanden eine große Hilfe, und niemand wußte das besser als Onkel Wilbur. Schließlich lebte ich nur von seiner Großmut, seit meine lieben Eltern vor vielen, vielen Jahren verstorben waren.

»Natürlich werde ich alles tun, um dir zu helfen, aber ich weiß wirklich nicht, wie ich das anstellen soll. Tante Sarah gibt absolut nichts auf meine Meinung.«

Er zog wieder eine Grimasse. »Natürlich nicht. Schließlich ist sie eine kluge Frau.« Der Pfad führte uns einen kleinen Hügel hinauf, und er mußte sein Tempo wieder verlangsamen, damit ich mit ihm Schritt halten konnte.

»Du weißt, daß ihre Gesundheit nicht die beste ist, Roger.«

»Ja, Onkel. Der Arzt sagt, daß der letzte Herzanfall ganz sicher tödlich ausgegangen wäre, hätte sie nicht so schnelle medizinische Hilfe bekommen.«

»Der nächste Anfall wird sehr weit von jeder medizinischen Hilfe stattfinden, Neffe. Du und ich, wir beide werden dafür sorgen.«

Ich dachte darüber nach. »Das wird nicht leicht sein. Sie verläßt das Haus nicht mehr und ist ständig von Dienstboten umgeben. Vor allem von Radcliffe.« Radcliffe, der Butler, wieselte ständig um meine Tante herum wie ein liebestolles Schoßhündchen.

»Du vergißt, daß es einen Tag im Jahr gibt, an dem sie das Haus allein verläßt – am siebten April.«

»Natürlich! Wenn sie ihren jährlichen Besuch im Familienmausoleum macht. Soll ich dort Geist spielen?«

»Um genauer zu sein, wirst du dort so tun, als seist du dein lieber, verstorbener Onkel Harold.«

»Wie werden wir es machen? Mit einem Bettlaken und grünem Licht?«

»Durch Verkleidungen wird sie sich nicht täuschen lassen, mein Junge. Nein, du wirst dich hinter die Stahltüren der Grabkammer begeben und von innen dagegen hämmern müssen. Sie wird denken, daß Harold versucht, herauszukommen, um sie zu holen. Das gibt ihr bestimmt den Rest.«

Ich war nicht länger amüsiert. »Es klingt, als könnte es mir ebenfalls den Rest geben.«

»Du weißt doch noch, daß ich die Grabkammer letztes Jahr säubern ließ. Die Herren untersuchten auch Wasser- und Luftdichte. In ihrem Bericht stand etwas sehr Interessantes. In der Grabkammer ist genügend Sauerstoff, daß ein Mensch sich zwölf Stunden darin aufhalten könnte, wenn er sich nicht körperlich anstrengt. Du hast dich im Leben noch nie körperlich angestrengt, also ist dieser Punkt schon einmal kein Problem. Außerdem werde ich dich wieder herauslassen, sobald das alte Mädchen tot ist. Was meinst du dazu?«

»Der Plan gefällt mir nicht sonderlich. Woher weiß ich, daß du die Tür wieder öffnen wirst? Vielleicht haben Annie und du beschlossen, ganz neu anzufangen, ohne unerwünschte Verwandte.«

Eine weitere Grimasse. »Hinterlege ein versiegeltes Geständnis bei einem Anwalt, das geöffnet werden soll, wenn du stirbst oder verschwindest. In dem Brief kannst du genau erklären, daß ich den Plan gefaßt und dich dazu überredet habe.« Er zuckte die Schultern. »Ich habe kein Interesse daran, dich umzubringen, Roger. Nur meine Frau.«

Das Mausoleum kam in Sicht. Das Familiengrab stand auf einem Hügel und verdarb eine der schönsten Aussichten im ganzen Umkreis. Bei seinem Anblick schauderte ich zusammen.

»Noch eines, Onkel. Woher weiß ich, daß du mich nicht hinterher aus deinem Testament streichst?«

Wilbur nickte zufrieden, als hätte ich endlich einmal eine intelligente Frage gestellt. Er zog mehrere Papiere aus seiner Jacke. »Das hier kannst du deinem Anwalt zeigen. Sobald ich es unterschrieben habe, wird ein Drittel meines Vermögens in einen Treuhandfonds für dich umgewandelt. Nach meinem Tod gehört das Geld dann ganz dir, und zwar ohne diese horrenden Erbschaftssteuern.«

»Ein Drittel«, sagte ich etwas traurig.

»Wahrscheinlich hast du mehr erwartet, aber du mußt verstehen, daß ich jetzt auch an Annie denken muß. Sie erwartet natürlich, mein gesamtes Vermögen zu erben.«

»Hast du keine Angst, daß ich dich nach Tante Sarahs Tod erpressen könnte?«

Er lachte. »Wie würdest du das anstellen wollen? Mir damit drohen, zur Polizei zu gehen und einen Mord zu gestehen?«

»Oh«, sagte ich.

»Und außerdem, Neffe. Hast du mich jemals um Geld gebeten und es nicht bekommen?«

»Nein.«

»Es ist nicht etwa so, daß meine Großzügigkeit unbegrenzt ist, sondern daß deine Ansprüche verhältnismäßig gering sind. Weißt du, Roger, du bist ein Nichtsnutz und ein Faulpelz, aber du hast keinen teuren Geschmack. Du hast weder das Bedürfnis, den Ehrgeiz, noch die Energie, dich mit Erpressung zu versuchen.«

Ich stellte etwas traurig fest, daß er leider recht hatte.

»Wirst du also den Geist für mich spielen, Roger?«

»In Ordnung, Onkel«, sagte ich und mußte dann lachen. Mir war gerade eingefallen, daß ich immer gedacht hatte, ich müßte Onkel Wilbur begraben, um an sein Geld heranzukommen. Offensichtlich ging es auch genau andersherum.

Eine Woche später war der Treuhandfonds eingerichtet, und beide Anwälte besaßen Kopien der Transaktion.

»Ich weiß wirklich nicht, weshalb Geister derartige Orte bevorzugen«, sagte ich.

»Sei still und hilf mir«, sagte Wilbur. Es war am frühen Abend des siebten April, dem neunundzwanzigsten Jahrestag von Onkel Harolds Ableben. Wir befanden uns in dem äußeren Besucherzimmer des Mausoleums. Ich war seit dem Tod meines Vaters vor vielen Jahren nur einmal hier gewesen, und ich hatte völlig vergessen, wie häßlich es war. Das Mausoleum war ein Monument der tragischen Kombination aus Geld und schlechtem Geschmack.

Die eigentlichen Särge befanden sich hinter den Mauern der Grabkammer, die hinter einer schmalen Stahltür lag. Mein Onkel und ich schafften es nach einigen Schwierigkeiten, sie aufzubekommen. Er winkte mit der Hand. »Hüpf hinein, Roger.« Ich tat es ohne allzu große Begeisterung.

Der innere Raum war noch weniger gastlich als der äußere, aber er war natürlich auch für Bewohner vorgesehen, die diesen Mangel nicht mehr bemerken konnten. Der einzige Schmuck bestand aus fünf Metalltafeln, die die Ruheplätze der verstorbenen Mitglieder der Familie markierten.

Ich rümpfte die Nase über den muffigen Geruch.

»Bist du sicher, daß es hier Sauerstoff für zwölf Stunden gibt?«

»Vielleicht sogar mehr. Die Schätzung über zwölf Stunden geht davon aus, daß der Raum absolut luftdicht ist, was ich bezweifle, wenn man die Sorgfalt der Handwerker von heute kennt. Aber das ist auch nicht wichtig. Ich lasse dich eine Stunde nach Tante Sarahs

Ankunft hier wieder heraus.«

»Und was, wenn der Schock sie nicht umbringt?«

»Dann wirst du ganz schöne Probleme haben, ihr zu erklären, weshalb du ihr einen solch geschmacklosen Streich gespielt hast. Aber zumindest kannst du dich über diese Verlegenheit mit einem Drittel meines Vermögens hinwegtrösten.«

Die Stahltür war wieder geschlossen, und seine Stimme drang nur noch gedämpft zu mir. »Richte deine Taschenlampe auf die Tür. Ich will mich vergewissern, daß der Lichtschein tatsächlich nicht durchdringt.«

Schließlich ließ Wilbur mich mit den Vorfahren allein und ging zurück ins Haus, damit die Dienstboten sehen konnten, daß er sich ins Bett begab, während seine Frau sich auf den Weg zum Mausoleum machte. Da ich nichts anderes zu tun hatte, richtete ich meine Taschenlampe auf die Metalltafeln an der Wand.

Die größte gehörte meinem Großvater, dem Gründer des Vermögens. Er war ein Räuberbaron gewesen und es noch lange geblieben, nachdem es aus der Mode war. Großvater hatte ein beträchtliches Vermögen den drei Söhnen hinterlassen, die seine Frau ihm geschenkt hatte, eine ansonsten unbedeutende Frau, deren Tafel, wie mir auffiel, leicht verbogen war.

Die Söhne waren James, Wilbur und Harold. Nur Onkel Wilbur war in die profitstrebenden Fußstapfen seines Vaters getreten. James erwies sich als Taugenichts, heiratete ein Showmädchen und produzierte nichts als einen Sohn, der genauso wertlos war wie er selbst. Dieser Sohn war, wie könnte es anders sein, natürlich ich.

James und meine Showmädchen-Mutter hatten ihre Tafeln schon früh bekommen, aber der jüngste Bruder war noch schneller gewesen. Onkel Harold bat eine Frau, ihn zu heiraten, kein Showmädchen, sondern eine Frau aus guter Familie. Sie jedoch bevorzugte und heiratete Wilbur, und Harold beging zwei Tage nach der Hochzeit Selbstmord.

Wenn das Leben mir langweilig und absehbar vorkommt, finde ich immer wieder Trost und Staunen in der Erinnerung daran, daß sich einst ein Mann aus Liebe zu Tante Sarah das Leben genommen hat. Es scheint einfach unglaublich, daß eine Frau sich in neunundzwanzig Jahren derart verändern kann.

Jeden siebten April, dem Jahrestag von Harolds Tod, erscheint sie im Mausoleum, ganz in Schwarz gekleidet. Ich habe mich immer gefragt, was sie in dieser Nacht wohl tut: trauern, oder einfach an ihre verlorene Jugend denken?

Die Luft in der Grabkammer schien dünner zu werden. Ich verfluchte meine Phantasie. Es war ein bißchen stickig hier drinnen, das war aber auch alles.

Die Eingangstür quietschte und verkündete die Ankunft meiner Tante. Ein leises Rascheln war zu hören, als sie sich auf der marmornen Bank niederließ. Das Besucherzimmer war, wie ich wußte, nur von einer gelben Lampe erhellt, die dem Raum eine geisterhafte Atmosphäre verlieh.

Wo ich schon von geisterhaft redete, wurde es allmählich Zeit für mich, anzufangen. Ich hatte an die Möglichkeit gedacht, daß Sarah meine Stimme erkennen könnte, aber diese Möglichkeit wieder abgetan. Sie hörte so selten zu, wenn ich mit ihr redete, daß es wohl kaum wahrscheinlich war, daß sie unter diesen Umständen einen Zusammenhang sehen würde.

Ich lehnte mich an die Tür und flüsterte: »Sarah . . .«

Stille.

»Sarah!«

Der kleine Raum hatte eine wundervolle Resonanz, die meiner sonst eher dünnen Stimme eine geisterhafte Düsterkeit verlieh.

Ich rief noch einmal ihren Namen, und schließlich sprach sie, mit zitternder Stimme, die ich kaum erkannte. »Harold? Harold? Sprichst du mit mir?«

Ich kratzte mit dem Fingernagel über die Tür. »Komm zu mir, Sarah!«

Die Tür erzitterte leicht, als sie sie zu öffnen versuchte. Natürlich konnte sie das nicht. Dafür hatten wir gesorgt.

Es war Zeit für das große Finale. Ich hämmerte gegen die Tür. »*Du* hast mir das angetan, Sarah! Du hast mich umgebracht!«

Ihr Schrei hallte wider und hörte mit einem Poltern auf. Ich rief noch zweimal ihren Namen und hörte nichts.

Nach einer langen, langen Zeit öffnete sich die Eingangstür erneut. Ging sie hinaus, oder kam jemand herein?

Schließlich brach Onkel Wilburs Stimme die Spannung. »Gut gemacht, Roger. Sie ist tot.«

»Herzlichen Glückwunsch, Onkel«, sagte ich. »Und jetzt hol mich hier raus, damit wir ins Haus kommen, ehe Radcliffe mißtrauisch wird.«

»Natürlich. Es dauert nur einen Augenblick. Sie ist gegen die Tür gefallen. Ich muß sie erst wegziehen.«

»Aber paß auf, Onkel, daß sie keine blauen Flecken bekommt.« Ich lächelte die Wand mit den Metalltafeln an. Ein Drittel des Familienvermögens gehörte mir. Ich konnte es im Leben nicht ausgeben, aber ich würde es auf jeden Fall versuchen.

Wilbur ächzte, als er den Körper seiner verstorbenen Frau von der Tür wegzerrte. Sie war eine sehr schwere Frau, was ein weiterer Vorteil für Annie war.

Plötzlich nahm das Ächzen einen neuen, alarmierenden Tonfall an.

»Onkel, ist alles in Ordnung?«

Er rang nach Luft. »Nur, nur ein bißchen außer Atem, Roger. Ich muß einen Augenblick Pause machen. Ich öffne die Tür sobald – sobald – ich – ich . . .«

»Onkel Wilbur!«

Ich hörte ein leises Poltern, ganz ähnlich dem, das Tante Sarah verursacht hatte.

»Onkel!« schrie ich. »Ich alles in Ordnung?«

Keine Antwort.

»Das kannst du mir doch nicht antun!«

Stille.

Ich ließ mich gegen die Tür fallen. »Du warst doch immer so gesund«, sagte ich zu ihm. »Verflucht! Wieso hast du nicht gewußt, daß du auch ein schwaches Herz hast!«

Ich war völlig sicher, daß Onkel Wilbur gestorben war und jetzt friedlich neben seiner Frau vor der Stahltür lag, die sich von innen nicht öffnen ließ.

Ich fing an, gegen die Tür zu hämmern und zu schreien. Die Grabkammer schien kleiner zu werden, also schloß ich die Augen und schrie weiter. Schließlich mußte ich mich setzen, völlig erschöpft und außer Atem.

Atem?

Es mußte noch genügend Luft da sein. Ich war erst seit höchstens zwei Stunden in der Grabkammer. Aber wann würde jemand kommen, um mich zu retten?

Wenn wir drei nicht zum Frühstück erschienen – dann würde

jemand kommen. In acht Stunden – wenn die Luft anfing, wirklich knapp zu werden.

Würde Radcliffe, der treue Butler, als erstes an das Mausoleum denken, oder würde er erst stundenlang vergeblich das Haus durchsuchen? Und wenn er schließlich kam, würde ich dann nicht schon zu schwach sein, um ihn auf mich aufmerksam zu machen?

Vielleicht würde man mich bis zur Beerdigung vermissen. Falls ja, würde der Begräbnisunternehmer, der die Grabkammer öffnete, eine böse Überraschung erleben.

Die Batterien meiner Taschenlampe sind leer, und es ist sehr dunkel hier drin. Ich kann meine Uhr nicht erkennen. Ich weiß nicht, wieviel Zeit vergangen ist.

Ab und zu hämmere ich gegen die Tür und muß dann damit aufhören, um wieder zu Atem zu kommen. Was jedesmal länger dauert.

Falls ich gerettet werde, wird es mir schwerfallen, der Polizei das alles zu erklären. Eine Gefängnisstrafe schreckt mich jedoch nicht mehr. Meiner Meinung nach hören sich zwanzig Jahre in einer hellen, luftigen Gefängniszelle einfach wundervoll an. Aber irgendwie habe ich das Gefühl, daß ich nicht in diesen Genuß kommen werde.

Originaltitel: THE DEAR DEPARTED. 6/81

Ross Thomas

Vierzig Riesen für den Zwerg

Ullstein Buch 10060

Minor Jackson rettet einem kleinwüchsigen Mann das Leben. Und aus Dankbarkeit will ihn der Zwerg an einem interessanten Geschäft beteiligen: Der blinde Oppenheimer möchte, daß man seinen vermißten Sohn aufspürt – gegen eine anständige Belohnung versteht sich.
Doch Jackson merkt bald: Hier geht es nicht um eine rührende Familienzusammenführung, denn auch der amerikanische, englische und russische Geheimdienst sind hinter dem Mann her. Und er begreift auch, mit einem Zwerg als Partner muß man auf Überraschungen gefaßt sein ... Überraschungen, die einem das Leben kosten können ...

»Ein einziger Lesespaß – witzig, intelligent, ironisch und so nebenbei ganz schön informativ.«
Esslinger Zeitung

ein Ullstein Krimi

Ed McBain

Kings Lösegeld

Krimi mit dem
87. Polizeirevier

Ullstein Buch 10062

500 000 Dollar Lösegeld soll Douglas King den Kidnappern zahlen, die seinen achtjährigen Sohn Bobby entführt haben. Doch die Verbrecher haben sich geirrt: Nicht Bobby King ist ihnen in die Hände gefallen, sondern Jeff, der Sohn von Kings Chauffeur. Trotzdem fordern sie die 500 000 Dollar. Sonst würde Jeff sterben.
Aber King zögert mit der Zahlung. Soll er seine ganze geschäftliche Zukunft für ein fremdes Kind opfern?

»Ed McBain ist einer der beliebtesten und erfolgreichsten Krimi-Autoren unserer Zeit.«
　　　　　　Welt am Sonntag

ein Ullstein Krimi

Ed McBain

Schüsse im Regen

Krimi mit dem
87. Polizeirevier

Ullstein Buch 10040

ein Ullstein Krimi

Die beiden Männer schritten durch den strömenden Regen. Die Schüsse kamen plötzlich aus einem Hauseingang. Ein gelbes Aufblitzen, etwas blasser als das Hemd des einen Mannes, und dann eine dröhnende Explosion. Die Kugel drang in seine linke Halsseite ein. Blutstropfen spritzten in den Regen. Der Mann griff haltsuchend ins Leere, taumelte, ließ den Gitarrenkasten fallen, drehte sich und sah noch den zweiten Schuß aufzucken. Der andere Mann rannte los. Der fünfte Schuß erwischte ihn an der Schulter und warf ihn auf das Straßenpflaster. Und dann hörte er Schritte, die sich von dem Hauseingang zu der Stelle näherten, wo er blutend auf dem Boden lag ...

»Ed McBain ist ein vorzüglicher Krimiautor.«

NDR

Ullstein Krimis

»Bestechen durch ihre Vielfalt«
(Westfälische Rundschau)

Raymond Chandler
Der lange Abschied (10120)

Peter Schmidt
Mehnerts Fall (10121)

James Hadley Chase
Ein Double für die Falle (10122)

Baantjer
De Cook und der romantische Mord (10123)

Erle Stanley Gardner
Perry Mason und die eiskalten Hände (10124)

Hitchcocks Kriminalmagazin, Band 130 (10125)

Dick Francis
Handicap (10126)

Ed McBain
Neun im Fadenkreuz (10128)

Hitchcocks Kriminalmagazin, Band 131 (10129)

Brian Freemantle
Labyrinth mit Minen (10130)

Dan Kavanagh
Duffy (10131)

Ellery Queen
Im eigenen Saft (10132)

Hitchcocks Kriminalmagazin, Band 132 (10133)

Ruth Rendell
Urteil in Stein (10134)

Ullstein Kriminalmagazin, Band 40 (10135)

James Hadley Chase
Der Mini-Killer (10136)

Hitchcocks Kriminalmagazin, Band 133 (10137)

Gregory Mcdonald
Toby ist verschwunden (10138)

Michael Collins
Der Schlächter (10139)

Erle Stanley Gardner
Perry Mason und die blinde Trödlerin (10140)

Hitchcocks Kriminalmagazin, Band 134 (10141)

Robert B. Parker
Finale im Herbst (10142)

Margot Bennett
. . . und plötzlich war sie Witwe (10143)

Ed McBain
Späte Mädchen sterben früh (10144)

Richard Hoyt
Lockente (10145)

Raymond Chandler
Das hohe Fenster (10146)

Raymond Chandler
Der König in Gelb (10147)

James Hadley Chase
Drei Spannende Action-Thriller (10148)

ein Ullstein Buch

Alfred Hitchcocks
Kriminalmaga
8
9783548101378.4